ハヤカワ文庫JA
〈JA1422〉

7分間SF

草上　仁

早川書房
8488

本文イラスト／YOUCHAN

目次

7分間SF

カツブシ岩

辺境の惑星クロッカスで化石調査隊一行が見つけたものとは?

「カツブシ岩を調べたいとね」

赤銅《しゃくどう》色に日焼けしたイップは、口の中のものを、くちゃくちゃと噛んだ。

「そいつはまた、酔狂《すいきょう》なこった」

ＧＥＭクルーザーのステアリングを握ったスターク博士は、そいつが酔狂なことだとは思っていなかった。惑星クロッカスにおける伝説の巨獣ビヒモスの絶滅は、重要な学術上の問題だったし、そのビヒモスが呑んだと伝えられている財宝運搬船の存在は、最近新たに発掘された粘土板によって、ほぼ証明されたと考えられるのだ。これは、世紀の大発見だった。

スターク博士は、ステアリングを切って、大きな砂丘の裾《すそ》を左に回り込んだ。ＧＥＭ

は、緩やかな風紋に沿う形でバウンドする。スターク博士は、頭上を見上げて、調査隊の飛行船が追尾してきていることを確かめると、『現地ガイド』のイップに訊ねた。

「この方向でいいんだね？」

この砂漠では、地図やコンパスよりも、地形に慣れた現地人の目のほうが当てになる。砂の中に含まれる大量の磁化鉄が、磁気式コンパスや精密なジャイロコンパスを狂わせるのだ。

「だいたい、いいぞ」

イップは、呑気な声で答えた。

「ただ、ネコトカゲの群れに襲われたくないなら、もう少し、西に寄ったほうがいい」

スターク博士は頷いて、車体を横滑りさせた。砂漠を徘徊するのは、現地人だけではない。体長二メートルほどのネコトカゲは、肉食性の危険な獣で、これまでに何組もの探検隊や学術調査隊が犠牲になっている。ネコトカゲの群れは、何日もじっと身を横たえているから、一日二回の砂嵐で半ば砂に埋まっていて、慣れた現地人の目でないと、砂丘と見分けがつかないのだ。

ネコトカゲの群れを避けながらまっすぐ南に進むと、黒々とした『カツブシ岩』の輪《りん》郭《かく》が、地平線上に見えてきた。巨大だ。航空測量によれば、ピーナツの殻のような形のその岩は、高さ二十メートル、幅三十メートル、全長百メートル近くある。

　スターク博士は、答えのわかっている問いを発した。

「あれか？」

「ああ」

　イップは、揺れるシートの上で、ポケットから出した褐色《かっしょく》の石を削っていた。鋭い石のナイフを器用に操って、かんなくずのような薄片を切り出している。スターク博士は、内心の興奮をそのまま口に出した。

「あれは、ビヒモスの化石だ。全てのカツブシ岩は、ビヒモスの化石なんだ。わたしは、そう確信するに至った」

　イップは、面倒くさげに答えた。

「そうかね」

「そして、あの特別な岩の中には、古代の財宝運搬船が眠っているはずだ」

「ほほう」

「君がネグダグ遺跡で菱形《ひしがた》の石を見つけてくれたおかげだよ。それで、あの決定的な粘土板が手に入った。あれこそ、画期的な発見だった」

「そいつはよかった」

　イップの口調は、あいかわらずそっけなかった。

　おかしなことに、惑星クロッカスの砂漠地帯に住むイップたち現地人は、自分たちの祖先が運行していた財宝運搬船にも、遠い昔に絶滅してしまったビヒモスにも、全く関心を持っていないように見える。彼らは、砂漠を気ままにうろつき回るだけの、怠惰《たいだ》で無目的な生活に慣れてしまっているのだ。それというのも、化石食料資源に恵まれすぎているせいだと、スターク博士は思っていた。

　化石食料資源――今、イップが口の中でくちゃくちゃ嚙んでいるものこそ、それだった。クロッカスでは、それは、『カツブシ石』と呼ばれている。外観はこぶし大の石のようで、重量は乾燥した軽量木材ほど。現地人はそれをどこから掘り出してくるのか、よそ者には決して知らせないが、ありかを知っている者には、簡単に掘り出せるらしい。彼らは、石か金属のナイフでそいつを削って、口に運ぶ。

　数年前にクロッカスに派遣された探検隊は、砂漠でネコトカゲに襲われる前に、この『カツブシ石』の分析を終えていた。驚いたことに、『カツブシ石』は、豊富な蛋白質、ビタミン、ミネラル、脂肪、炭水化物を含む完全食品だった。まさに、『化石』なのだ。太古にクロッカスの地表に生きていた動植物の死骸が堆積し、砂漠の乾燥した気候と、惑星クロッカス特有の『カツブシ菌』が、それを化石に変えたものと考えられていた。この星系の太陽が数千年前から発するようになった有害な放射線のおかげで、今は死滅してしまっている『カツブシ菌』は、死骸の中に菌糸を張り巡らせて、水分を徹底的に吸い上げる。だから、ただ乾燥させるのと違って、内部までカチカチに固まった『カツブシ石』が出来上がるのだ。

その組成はともかくとして、『カツブシ石』は、太古から贈られた保存食料で、かつての人類が、化石エネルギー資源で怠惰に食いつないできたのと同様、少数のクロッカス現地人が、農耕や狩猟、牧畜に真面目に取り組まなくても生きていけるのは、『カツブシ石』のおかげなのだった。

スターク博士は、ＧＥＭのオートクルーズをセットすると、平和な顔つきで薄片を噛んでいるイップに向かって訊ねた。

「『カツブシ岩』が、でっかいカツブシ石だってことは、知ってるんだろう？」

スターク博士が、その事実を知ったのは、第三次調査隊の地震波解析を見た時のことだった。カツブシ岩は、岩にしては驚くほど軽かった。通常のカツブシ石よりは重いが、表面の組成は、ある種のカツブシ石にそっくりなのだ。

イップは、真面目な顔で、スターク博士を見上げた。

「もちろん。そうでなきゃ、どうして、『カツブシ岩』なんて名前をつけるかね」

「あれを削って、喰ってみようとは思わないのか？」

博士の質問に、イップはかぶりを振った。

「ありゃあ、でかすぎるし、堅すぎる。もっと手頃なカツブシ石は、いくらでも採れる」

スターク博士は、小柄な現地人を見下ろした。人類と起源を同じくするヒューマノイドだが、背丈は一メートルと少ししかなかった。体表面積が広いにもかかわらず、砂漠に適応したクロッカス人の代謝率は低い。彼らにとっては、一日にこぶし大のカツブシ石一つで充分なのだ。何もあくせく働く必要はないというわけか。博士は、意地の悪い質問を発したくなった。

「それでも、化石資源だ。いつかは枯渇《こかつ》してしまうだろう？」

驚いたことに、イップは、真面目な顔で頷いた。

「そうなんだ。だから、長老会議は、おれたち若い者に何とかしろってうるさい。自分たちゃ、これまで何もしてこなかったくせにさ」

「で、何とかなりそうなのか？」

イップは、落ちくぼんだ目を擦り、哲学的な表情でカツブシを噛んだ。

「いつだって、何か方法が見つかるもんだよ。あんただって、最後には粘土板を見つけただろう？」

スターク博士は、誇りに満ちた顔で頷いた。

「そうだ。君が言った通り、ネグダグの遺跡は大当たりだった」

ネグダグ遺跡の浅い砂に埋もれていた粘土板には、ビヒモスの姿だけではなく、太古の財宝運搬船の積荷目録と、ほぼ正確と思われる難破地点についての情報が刻まれていた。スターク博士は、土地の古老の助けを借りて粘土板を解読すると、精力的な資金調達活動を開始し、ついにある財団を説得することに成功したのだ。

今、その財団が出した資金で急遽《きゅうきょ》仕立てられた総勢八十名の研究者、学生、技師、ハンター、作業員、それにコックからなる一隊が、探査資材のひと山とともに真空球飛行船に乗って、ＧＥＭの後ろをのんびりと追尾してきている。

イップは、口の中のカツブシを飲み込んだ。

「現地に着いたら、どうするんだね？」

「まず、全ての資材を下ろして、テントを設営する」

と、スターク博士は答えた。

「宿営地の周囲にハンターを配置して、ネコトカゲの警戒に当たらせる」

イップは、考え深げに頷いた。

「奴らは物騒《ぶっそう》だからな。それから？」

「『カツブシ岩』に、振動計とオートハンマーを設置して、内部構造を解析する」

博士の答えに、イップは、少しだけ興味を惹《ひ》かれたように見えた。

「なんだかよくわからないが、船を探すのか？」

スターク博士は、頷いた。

「まあ、そういうことだな。それから、有望そうな場所に向かって、ボーリングを行う」

「ボーリング？」

「何十メートルも──何十背丈も長さのあるシリンダーを打ち込んで、円筒状のサンプルを採取するのさ」

「カツブシをか？」

「うまくいけば、それ以外の何かが引っかかってくるはずだ」

「コグレグのかけらとか？」

「そういうことだ。イップ、カツブシが欲しいか？」

イップは、静かな微笑《ほほえ》みを浮かべた。

「カツブシは、いつでも欲しいよ。くれるのかい？」

スターク博士は、前方を睨《にら》みながら頷いた。

「大量の削りクズが出るはずだ」

「そりゃいい」

イップは頷いた。

「多少堅くても、長老会議が喜ぶだろう。しかしなあ、八十人か」

スターク博士は、いぶかしげに、現地人ガイドの赤銅色の顔を見つめた。

「八十人がどうかしたか？」

イップは、目を伏せた。

「何でもないさ。カツブシに八十人なんて、大したもんだと思っただけだ」

確かに大したものだと、スターク博士は思った。しかし、機材を設置し、データを取り、それを解析するのに、どうしてもそれだけの人数が必要なのだ。砂漠では、スピードがものを言う。時間がかかるほど、生活資材の消費が増加するし、保険料もかさんでくる。ネコトカゲのおかげで、保険の等級は最高レベルに引き上げられている。詳細な調査をするだけの値打ちがあると証明するのに、何日もかけるわけにはいかないのだ。

ＧＥＭの前方で、ピーナツ殻の形をしたカツブシ岩が、次第に大きくなってきた。

スターク博士は、粘土板から複写した巨獣ビヒモスの絵を折り畳みテーブルに広げて、目の前のカツブシ岩と見比べた。

絵から、装飾的な三本の角と、とげだらけの尾を取り去り、牙の生えた円形の口を閉じさせ、大雑把《おおざっぱ》な輪郭だけを比べてみる。

見れば見るほど、そっくりだった。

絵では、椰子《やし》に似た樹木が植わっている背中は少しくびれていて、巨大な臀部《でんぶ》に向けて、なだらかに傾斜している。頭部にあたる膨らみは、それよりも少し小さい。

スターク博士は、手を伸ばして、カツブシ石をくちゃくちゃ嚙みながら無表情にカツブシ岩を見上げているイップの肩を叩いた。

「見ろ。あれだ。間違いない」

「そうかね？　おれには、他の岩と同じに見えるが」

スターク博士は、そうは思わなかった。こいつは、特別な岩なのだ。

スターク博士の研究は、最初から潤沢《じゅんたく》な予算に恵まれていたわけではなかった。博士は、単独でクロッカスにやってきて、独自の調査を進めてきたのだ。航空写真の解析に、すでに知られている遺跡の発掘調査、土地の古老からの聞き込み。

『カツブシ石』というのと同じく、『巨獣ビヒモス』というのは第一次探検隊が命名した呼称で、現地ではその伝説の生き物は『ヅガッダグドマネング』と呼ばれている。銀河中で採集される、よくある伝説の一つだ。かつて、大海に（あるいは、大空に）、島ほどの大きさの巨獣が棲《す》んでいた。その巨獣の背中には植物が茂り、誤って近づいてくる船を丸呑みにする――。

地球には、ヨナやピノキオの伝説が残っているし、ランドバーでは巨鳥スマックの言い伝えが、タイクォーには巨魚ザンドラジバンの神話がある。

しかし、スターク博士は、他でもないクロッカスの伝説に、興味を持ったのだった。

現在のクロッカス人は砂漠の民で、海を見たことのない者がほとんどだ。それなのになぜ、船を呑む巨獣の伝説を持っているのか。初期調査によれば、クロッカスのダググ大陸北西部が砂漠化したのは比較的最近――たかだか数千年前のことだった。それまで、確かにこの地には内海が広がっていた。すっかり怠惰になってしまったクロッカス人自身からは、自分たちが海の民の末裔だという記憶は失われている。しかしそれでも、巨獣に呑まれた財宝運搬船の伝説だけは、保持されてきたのだ。

ひょっとすると、『ヅガッダグドマネング』という巨獣は、かつて本当にこの地に存在したのではないか？

スターク博士がそう思い始めた頃、カツブシ岩付近の地震波解析結果が目に留まった。砂漠のあちこちに散在するカツブシ岩は、岩石とは思えないほどに軽く、全て同じようなピーナッツ殻形状をしている。

もしも――と、スターク博士は思った。もしも、何らかの天候なり地殻なりの変動で、内海が急速に干上がったのだとしたら。

もしも、その際、魚の死骸にカツブシ菌が作用して、カツブシ石が産成したのだとしたら。小さな魚の化石は砂に埋まってカツブシ石となり、巨獣は埋もれることなく、カツブシ岩として今も身を晒《さら》しているのだとしたら。

砂漠では、話し相手が少ない。だから、スターク博士は、煙草《たばこ》や酒などの嗜《し》好《こう》品で雇った現地人ガイドのイップに、自分の調査について詳しく語り聞かせた。巨獣ビヒモス――『ヅガッダグドマネング』の伝説については、イップ自身、よく知っていたし、何人もの古老を博士に紹介してくれた。そして、ネグダグの遺跡で、ついに問題の粘土板を発見した時にも、イップが立ち会っていたのだ。実のところ、菱形の平らな石板の下を掘るように示唆《しさ》したのは、この現地ガイドだった。菱形は、「だいじなようなもののしるし」だと言って。

　イップが言った通り、菱形の石板の下には三枚半の粘土板が埋まっていた。そして、一枚目の粘土板には、船を呑み込もうとしている『ヅガッダグドマネング』の姿が、二枚目には、財宝運搬船『ダゴドガングム』が難破したと言われる場所——ダングドゥの東、夏至《げし》の落ち陽にグゥガ岬《みさき》が重なるところ——が刻まれていた。残りの一枚半は、財宝運搬船の積荷目録だった。古代都市ダングドゥの場所はわかっていたし、グゥガ岬は同じ名前の砂丘として今も残っていた。スターク博士が、コンピューターによる地形解析をかけた結果、巨大なカツブシ岩のひとつ——まさに、今見上げているカツブシ岩の位置が、難破地点にぴったりと重なった。

　スターク博士は、まさに欣喜雀躍《きんきじやくやく》した。研究資金は枯渇しかけていたし、単にカツブシ岩が絶滅した巨大生物の化石であるという仮説だけでは、どこの財団も興味を持ってくれそうになかった。ネコトカゲのおかげで、クロッカスの砂漠地帯は危険な場所と目されており、調査団や発掘隊に要する保険費用は、膨大な額にのぼっていたのだ。

カツブシ岩が巨獣ビヒモスの化石だって？　それは結構。誰が、そんな馬鹿でかいカツブシを欲しがる？

しかし、財宝運搬船が絡んでいるとなると、話は違ってくる。古代の財宝は、いつでも、人々の興味を惹きつけるものだ。伝説と粘土板によれば、『ダゴドガングム』は、コグレグ（金塊）と、ミガヅング（緑の石――おそらくはエメラルド）他、当時の宝飾品を山ほど積み込んでいたことになっているのだ。それがなかったら、どこの財団も、カツブシ岩調査計画なんかに見向きもしなかったろう。

これからは違う。この最初の試掘で何かが見つかれば、ほうっておいても、いくつもの発掘隊が仕立てられるはずだ。スターク博士は、むしろ、舞台の袖に押しやられてしまわないように努力しなければならない。

何かが見つかれば。

今、カツブシ岩の周囲には、大量の金属パイプで足場が組まれていて、ヘルメットをかぶった技術者たちが、設置したオートハンマーと振動計を忙しく点検している。振動計からの無線信号を受ける防塵《ぼうじん》型のポータブル・コンピューターは、すでに最初の計算を終えていた。

腕組みをして巨岩を観察していた比較生物学者が、カツブシ岩の尻の部分を指差した。

「この筋肉は、扇状の尾を駆動して、推進力を生み出すためのものでしょう。もし、あいつがビヒモスなんだとしたらね」

「その尾はどうなったんだろう？」

スターク博士の問いに、空色のヘルメットをかぶった比較生物学者は肩をすくめた。

「身体に比べれば薄いですからね。風化しちゃったんだと考えられます。もし、あいつがビヒモスなんだとしたら、ですが」

スターク博士は、顔をしかめた。

「いちいち、もし、なんて言わなくてもいい。胃はどのあたりだと思う？」

比較生物学者も、顔をしかめた。

「誰も解剖したわけじゃないですからね。はっきり言って、わかりません。しかし、後半身の筋肉組織が、ここまで肥大発達しているのだとすれば、消化器官はその前——前半身後部からくびれの部分あたりに存在すると考えるのが、無難でしょうな」

イップは、カツブシ石のかすを口から吐き出すと、古代の叡智《えいち》を伝えるような重々しい声で、言った。

「うん。胃はだいたい、腹の底にあるな」

スターク博士は、イップの言葉にさほど感銘を受けた様子を見せず、別の折り畳みテーブルに向かっている地震学者のほうを振り返った。地震学者とその助手は、コンピューターが弾き出した何十枚ものプリントアウトと格闘しているところだった。

「どう思う？」

博士の質問を受けて、中年の地震学者は、テーブルの上で、コンピューターの描き出したグラフを辿《たど》った。

「ちょうどそのあたりに、いくつか空洞がある」

スターク博士は、再び比較生物学者のほうに向き直った。

「ビヒモスが、複数の胃を持っていた可能性はあるだろうか？」

比較生物学者は、肩をすくめた。

「何だってあり得ますよ。奴が、何を食っていたかもわからないんだ」

「ヅガッダグドマネングは、船を食ってた」

再び、イップの言葉を無視して、スターク博士は、地震学者に質問した。

「空洞の中に、金属は見つからないか？」

地震学者は、顔を上げて、博士を見返した。

「この計器の精度じゃあ、そこまでは無理だ。直径五メートルの鉄球でも入ってりゃ、話は別だがね」

「空洞の大きさは？」

「一番でかいので、直径七メートルってところかな」

「表面からの距離は？」

「横から狙えれば、十メートルと少し」

「じゃあ、そこを狙ってみよう」

スターク博士は、ピンクのヘルメットをかぶったボーリング技術者を手招きした。汚れで黒ずんだ顔をしたボーリング技術者は、足場のパイプをぽんぽんと叩いてから、テーブルのところまでやってきた。スターク博士は、ビヒモスの絵を指し示して、訊ねた。

「このあたりから、水平に二十メートル。打ち込めるか？」

ボーリング技術者は、白い歯を剥きだして、笑顔を浮かべた。

「柔らかい岩盤を二十メートルぽっち？　お安い御用だ。問題ない。やれるよ」

「じゃあ、頼む。どれぐらいかかる？」

ボーリング技術者は、カツブシ岩のほうを見た。

「足場を組み直して、冷却用の放水バルブを二カ所に設置する。シリンダーは三本も継げばいけるな。日没までには、掘り抜けるだろう」

スターク博士は、満足げに頷いた。

「急いでくれ。時間が貴重だ」

比較生物学者が、首を傾《かし》げた。

「それが胃なのかどうかもわからないし、船があるかどうかも不明なんですよ」

「船はある」

スターク博士は、無理に、声に確信を込めた。これがあやふやな賭けだということはわかっていた。証拠と言えるのは、何枚かの粘土板だけなのだ。しかし、シュリーマンだって、不確かな情報をもとに、トロイの遺跡を掘り当てたのだ。昔の井戸掘りは、木の枝一本で、水脈を辿った。自分だって、文字通りの金鉱を掘り当てないとは限らない。

　地震学者が、からかうような口調で言った。

「もし、何もなかったら？」

　スターク博士は、地震学者を睨み返した。

「何もなくても、サンプルを解析できる。ビヒモスの身体構造を推定できれば、次にどこを掘ればいいか、わかるかもしれない」

「で、また掘るわけだな。しまいには、あいつを、スイス・チーズみたいに穴だらけにしちまうことになるぞ」

　スターク博士は、頷いた。

「そうだ。必要なら、そうする」

「時間は」

　と、イップがのんびりした口調で言った。

「いくらでもあるさ」

　イップは、『発掘現場』から少し離れた砂丘の上から、忙しげに立ち働く地球人たちを眺めた。足場を組み、掘削《くっさく》設備を設置し、角度を計測する。紙を指さしながら試掘をし、ビットを交換し、また試掘をする。それは、イップには、よく理解できない作業だった。

　どうしてまた、あんなに急いで働かなくちゃいけないんだろう。カツブシは逃げていったりしないのに。カツブシはいつもそこにあって、仲間を育《はぐく》み、おれたちを養ってくれる。

　ちっぽけで安っぽい粘土板に目の色を変えて、でかい岩に攻撃をかける地球人たちの気持ちは、イップにはわからなかった。まあ、少しばかり得意ではある。彼がいなければ、博士は、絶対に粘土板を見つけることができなかったろうし、こんな大騒ぎは始まらなかったはずだからだ。

　イップの粘土板については、長老会議も大喜びだった。カツブシ岩の周りにたくさんの人が集まってくるのはいいことだ、と議長のグドガは言っていた。

　イップも、その意見には同調する。

　それにしても、全く酔狂なこったと、彼はカツブシを嚙みながら思った。

　八十人が、カツブシにか。

　とにかく、当面、スターク博士はガイドに用はなさそうだった。さっきも、彼の言葉をまともに聞いていないようだったし。博士の無関心は、イップにとっても好都合だった。

　イップは、今のうちに現場から距離を置かせてもらうことにして、カツブシ石を嚙みながら、夕陽に向かって歩き出した。

　地球人たちが何を見つけることになるのか、少しだけ、興味があった。ヅガッダグドマネングは、本当にいたのかもしれないし、本当に船を食っていたのかもしれない。船が、本当に財宝を積んでいたということだって、あり得なくはない。

　しかし、イップは知っていた。

　何を見つけようと、連中は、そいつを家に持ち帰ることはできないのだ。

　シリンダー・ビットを駆動するモーターの音が急に高まり、次いで低くなった。スターク博士の目の前に、引き抜かれたシリンダーが置かれた。

「一丁上がり」

　ピンクのヘルメットをかぶったボーリング技術者は、放水バルブでシリンダーを冷却してから、工具を使ってビットを外し、直径二インチのシリンダーを開いた。

　長い円柱形のサンプルが、スターク博士の学術調査隊の前にその姿を現した。放水に濡れ、夕陽に照らされたそれは、褐色というより、オレンジ色に見えた。金属のきらめきも、貴石の輝きもない。財宝のかけらにあたるものは何も見あたらなかった。ただの、オレンジ色の岩塊だ。

しかし、サンプルを目にした途端、スターク博士の全身が硬直した。

「これは――」

博士は、言葉を継ぐことができなかった。スターク博士だけではない。ボーリング技術者も、地震学者も、比較生物学者も、周囲の学生や作業員たちも、言葉を失い、身動きもできずに、その場に立ちつくしていた。

飼い慣らされたネコトカゲの群れが、『発掘現場』のキャンプをあさっている。彼らがテントを咬《か》み裂き、乗り物や発掘機材に爪を立て、食料を食い尽くしてくれるから、この件も不幸な事故として片づけられるだろう。

イップは、砂に覆われた柱の列に向かって、手を振った。

「ざっとこんなもんだ」

長老会議議長のグドガが、イップの労をねぎらった。

「悪くない。これだけあれば、一年はもつだろう」

イップは、得意げに頷いた。

「酔狂な奴らは、他にもいそうだぞ。また来月あたりに、もっと粘土板を仕込んでおくつもりだ。どこかの遺跡の、菱形の石板の下に」

グドガは頷くと、満足げに、カツブシ岩の近くに並ぶ八十本のカツブシ石を見渡した。イップが、酔狂な学術調査隊を現地に案内したのは三日前のことだった。カツブシ岩の中で眠っていたカツブシ菌は、水分を与えられて爆発的に繁殖した後で、自滅してしまったはずだ。

その過程で、カツブシ菌は、地球人の体表を覆い、瞬時に水分を吸い尽くして、動きを奪った。連中は、何にやられたのかもわからないうちに、カツブシ石と化してしまっただろう。小さなカツブシ石とは違って、巨大なカツブシ岩の中には、有害な放射線が届かない。だから、カツブシ菌の胞子《ほうし》は、死滅せずに水分を与えられるのを待っているのだ。苦い経験からその事実を学んだクロッカス現地人が、カツブシ岩を食おうとしない本当の理由はそこにあった。

当分、カツブシの種は尽《つ》きない。つまり、グドガの種族は安泰《あんたい》だ。彼らは、地球人が思っているほど、怠惰ではない。砂漠の恵みである化石食料――カツブシ石は、採掘するだけではなく、手間をかけて栽培することもできるのだ。粘土板という種を遺跡に蒔いて、貪欲という肥料を施《ほどこ》す。すると、やがて時を経て、高さ二背丈ほどもある栄養たっぷりのカツブシ石が育つ。

カツブシ岩は、仲間を呼び寄せ、育み、グドガの種族を養ってくれる。

まったく、馬鹿で欲深な地球人どもだ。グドガは、すっかり乾燥して堅くなった、石像のようなスターク博士の顔を見上げながら、感慨深げに頭を振った。

「ありがたいことだ。八十人が、カッブシにな」

キッチン・ローダー

ただでさえ忙しい朝。息子の世話で家はまさに戦場に……。


朝は、いつも戦争だ。

まず、目覚ましのアラームが、頭の中で鳴り響く。その痛がゆい響きは、頭を垂直に起こすまで止まない。

時計が頭蓋骨の外にあるなら、床に叩きつけてでも止めたい音色だ。しかし、それはできない。時計があるのは頭の中だから、叩きつけたら痛い思いをするのはわたしだ。さらにつけ加えれば、それはただのプログラムで、形のあるものじゃない。

あーあ、まったく。

メルマガの付録の目覚ましフリーソフトなんか、脳味噌にインストールするんじゃなかった。今晩、忘れずにアンインストールしておかなくちゃ。

でも、今は、そうも言っていられない。プログラムの出来がどうあれ、今、七時半なのは事実なんだし、戦闘開始のベルが鳴ったら、主婦はただちに戦闘態勢を取らなければならない。家事も仕事も、そして子供も、待ってなんかくれないのだ。

わたしは、ベッドの上で身を起こした。いまいましい脳内アラームは、ソフトの付属テキストに書いてあったとおり、ちゃんと止まった。

おそるおそる横の小さなベッドに目をやる。さいわい、カケルはまだすやすやと寝息を立てている。よしよし。子供を起こしてしまわないのは内部目覚ましの唯一の利点だ。

ベッドの横のプレートに手を当てて、このマンションの集中管理機構にアクセスする。えーと、ログによると、特に変わったことは起きていないようだ。あたりまえだ。手のかかる子供と、手のかかる仕事と、手のかかる家事、おまけに、手のかかる元夫まで抱え込んだうえに、他に何か起こったら、たまったもんじゃない。

手のかかる、元夫――。ヤツのことを考えると、そのあたりのものを手当たり次第にぶちこわしたくなる。本質的には、悪い男じゃないんだけど、わたしとは趣味が合わない。特に、セックスの趣味が――。おしゃぶりをくわえて、右手に哺乳瓶《ほにゆうびん》、左手にガラガラを握りしめたまま、オムツを替えてもらうのが趣味なんて男に、つきあえる女が、いるだろうか。まあ、広い世の中には、いるのかもしれない。たとえば――。

わたしは、迷走し始める思考に、ストップをかけた。今は、元夫に妻《めあ》わせるべき女性について検討している場合じゃない。

そのかわりに、まず、電気炊飯器に意識をロードした。すうっとトンネルをくぐり抜けるような感覚があったかと思うと、わたしは、白く熱い荒野に立っていた。さて、今のわたしは、蒸気渦巻く荒野を覆う炊飯器だ。白い地平線であり、銀色のスカイラインであり、同時に、内部センサーの目を通して、でこぼこしたコシヒカリの地表を眺める神の目でもある。神様のお腹の具合からすると、炊きあがったご飯はちょうど二合。わたしは、ねばつく地表に跪《ひざまず》いて、かに穴を確かめた。ちょっとひっくり返しておこうか。お腹に力を入れると、炊飯器のバイブレーション・プレートが作動して、荒野に地震が起こった。底のほうから、おこげがぐぐっと隆起《りゅうき》してきて、いい匂いの湯気が吹き出す。これでよし。

続いて、電子化された意識を、三つ口レンジにトランスファーした。これはまた、別の場所、別の視点だ。頭上を圧する丸い金属の天井に向かって、カチッと歯を噛み合わせ、ガスバーナーの一つを点火する。口から火を吐き出したついでに、舌でお鍋の底を嘗《な》めてみる。うーん、ちょっとすすけてるみたい。今夜、洗っておかないと。

口をすぼめてバーナーの炎を少し絞ってから、レンジから出て、冷蔵庫と振動カッターに潜りこむ。右手が、冷蔵庫の搬送バケット、左手がタングステンの振動ビットに変わった。わたしは、乾燥ワカメを素早くボウルに搬送するとともに、豆腐を賽《さい》の目に切った。それが済んだら、ちょっと水道制御チップに寄り道する。左手首にひねりを利かせて、ワカメのボウルにぬるま湯を満たした。ここで、天才的な思いつきが浮かんだ。ものはついでだ。カケルの離乳食ペーストも、同じボウルで温めてしまおう。冷蔵庫に意識を戻し、右手の搬送バケットで、ピーナッツバター・アンド・ベジタブル（げーっ）を取り出し、ボウルに放りこむ。冷蔵庫のセンサー制御ソフトをバージョンアップしてないから、バーコードを読むのが一苦労だ。なんとなく目がかすんでる感じ。これも、今晩なんとかしなくちゃいけないことの一つだ。最後にコーヒーメーカーに入って、コーヒー豆を吸いこみ、嚙み砕き、それから蒸気でうがいをする。

これで、朝食の下準備が完了。わたしは、ほっと一息つく暇もなく、ウルトラ・パラレルバスに駆けこんだ。ベージュ色をしたつるつるのレーンを抜けると、色とりどりのネオンに照らされたドームみたいなところに出る。ここは、コムマシンのコントロール・スペースだ。わたしは、ドームの内壁に目を走らせて、新聞と受信メールをチェックした。

新聞はメモリ域に蓄えておき、メールは一通り、意識野に流しこむ。わたしの意識は、コムマシンのフリー・エリアにロードされているから、時間はかからない。電子のざわめきが、ちょっとアドレスを変えるだけ。予想どおり、ろくなメールはない。住宅ローンの口座確認に、新型のローダブル自転車の売りこみ、返信メール代だけで大金持ちになる気はないかという、素晴らしく寛大なご提案。お次が、上司からの督促《とくそく》。

「例の企画書、もうできあがったんだろうね？　わかってると思うが、急いでるんだ。毎朝、託児所に寄らなくちゃいけないから、君も大変だろうけど、もし、また、出社が遅れるようなら、わたしが見に行ってもいいから――」

　はいはい、わかりました。わざわざメッセージを入れてくれなくても、わかってますって。まったく、小心で潔癖性でせっかちなボスなんだから。

　そして、最後の仕上げが、おなじみ、『心の友』からのお知らせ。

「僕は、あなたの心の闇を知っている。その闇を、僕の光で満たしたいと思う。空虚なあなたの部屋に、ともにありたいと思う。ああ、それを許してくれたら。君の身の回りを、僕は火花となって飛び回り――」

　続きを読むのはやめた。わたしは、彼に満たされたいとは思わないし、ともにありたいとすら思わない。何であれ、許すつもりなど毛頭ない。メールアドレスに小細工が施してあっても、誰のしわざかわかっているのだ。つまり、おしゃぶりが大好きな元夫。ネットワークの専門家であるヤツは、ここしばらく、わたしのドメインへの侵入を試みている。メールぐらいなら害はないけど、この前は浴室のセンサーに侵入の痕跡が残っていた。ヤツのストーキングも、だんだんエスカレートしている。そろそろ、法的手段に訴える潮時かも。

でも、今は、かまっちゃいられない。

わたしは、くずメールをまとめて壁からひき剝がして、ドームの床に投げ捨てた。それから意識をコムマシンから引き上げ、もとのところに戻した。そう、わたしの身体はまだ、寝室のベッドの上だ。家事にかけずり回ってたのは、ネットワークをめぐるわたしの意識だけ。

妙なものだ。

昔は、意識を自分の外の何かにロードするなんて、とんでもなく恐ろしいことのような気がしたのに、今では、すっかり慣れてしまった。

実際には、たいした危険もない。

ロードした先にバグがあったり、意識を置いた機器が壊れてしまったりしても、もとの意識は保護される。ほんとうに、脳味噌から意識が流れ出してしまったわけではなくて、意識のコピーが、ネットワークを駆け、あちこちのメモリに移されるだけなのだ。複数の意識を同時に保持すると、自己同一性障害に陥る恐れがあるから、ロード中は、生体側の意識をブロックしておくだけのこと。転送がうまくいけば、コピーされ、いろいろと経験を積んだ意識が、生体脳に戻ってくる。これを、セーブだとか、リロードだとか呼ぶ。もし、復帰に失敗したとしても、少しばかりの記憶が消えてしまうだけだ。記憶喪失や意識時差は、あまり望ましいことではないけれど、別に死んでしまうわけではない。今のネットワークは、フェイル・セーフになっているのだ。

どうしてネットワークや機器に意識をロードするようになったか、いろんな評論家が、いろんな説を唱えている。わたしは、結局のところ、人間の学習能力に限界があったからだと思う。

ＩｏＴだの、超ネットワーク時代だのと言われて、あらゆる設備がネットに接続されて、あらゆる情報が、ケーブルを駆けめぐるようになっても、人間の基本能力が、さほど進化したわけではなかった。

さまざまなオペレーティング・システムが、気が遠くなるほど複雑な通信プロトコルやファイル・システムをサポートするようになった。オペレーティング・システムを操作するのは人間だ。いくら、ユーザーインターフェースをフレンドリーにしたところで、多機能化し、肥大したシステムの操作方法を学ぶのは、簡単ではなかった。

コンピューターを扱うのは自転車に乗るよりも難しいと言われた時代に、大多数の高齢者が脱落した。

車の運転よりも難しいとなると、中年層の何割かが、手も足も出なくなった。

それが、すぐに、飛行機の操縦並になった時、無視できない数の情報難民が発生した。

あれよあれよという間に、すべての日常的な営みが、ネットに組みこまれるようになっていく一方で、間違いなく情報を操作し、機器を使いこなす能力は、一般大衆の手の届かない高みに昇ってしまったのだ。

それはそうだろう。キーボードとマウスの時代でも、コンピューターが苦手という人が、ほとんどだったのだ。その後、複雑で馬鹿でかいシステムを操作するために、デバイスは長足の進歩を遂げた。データグローブ、3Dポインタ、アイ・セレクション。情報はマルチメディア化し、立体化し、情緒複合化し、論理ウェーブ化した。システムが進化するたびに、一般大衆は、変化する操作方法をマスターしなければならなくなった。その結果は、目の前にあった。

『そんなことが、できるわけはない』

ごく一部の情報オタク、頭の中に機械命令を詰めこんだ無表情な新人類たちを除いて。で、情報処理は、心理学と生態学の手に委ねられた。機械が操作できないなら、機械を乗っ取ってしまえばいい。ネットワークが難しいというのなら、意識ごと、その中に入ってしまえばいい。人間は、自分の身体を動かすのは得意だし、五感で捉えられる事物を操作するのは、難しいことじゃない。

そんなわけで、少しずつ、徐々に、ネットワークは人間の意識を受け入れるようになり、人類はふたたび、世界を支配し、自由自在に環境を破壊する立場に返り咲いた。

わたしたちは、だから車を手足のように操るし、引き出しをひっくり返してなくしたメモを探すみたいに、情報を検索する。財布から貨幣を取り出す調子で、電子送金を行う。遠隔地からでも、風呂の湯加減を触って確かめ、スープの味見をすることができる。複雑な自動運転メカニズムや、情報検索メソッド、電子商取引インターフェース、温度解析プログラムや味覚センサー分析法を覚える必要はない。なんたって、そこに意識があるんだから。

　これなら、じいちゃんばあちゃんでも、時代に乗り遅れずにすむ、というわけだった。まあ、いろいろ不都合が出てこないわけでもないけれど——。

　わたしは、ゆっくりと、このうえなく静かに、ベッドから抜け出した。案の定、カケルが目を覚まして、ぐずぐず言い始める。起きていてほしいと思った時にはすとんと寝こみ、寝ていてほしい時にはいちはやく目を覚ますこの子の才能が、ときどき憎たらしく思えることもある。わたしったら、どうして、この子の養育権を取ることに固執したりしたのだろう。在宅勤務のネットワーカーである、元夫のほうが引き取っていたら、無理なく養育できているはずなのに。せめて、小学校に行くまでの間だけでも、向こうに任せておけば——。

　この世に残念なことは他にもいっぱいあるが、マンションのネットワークにおむつを替えるシステムがないのも、その一つだ。わたしは、カケルをベビーベッドの上で押さえつけ、濡れたオムツを剝ぎ取った。それから、寝室に備え付けてあるストッカーを、電子的につっついて、紙おむつを一個転がり出させる。二秒でテープを止め、使用済みのほうをリサイクルボックスに叩きこんだ。わざわざ、リサイクルボックスに意識をロードする必要はない。嫌な思いをして、中の状態を確かめなくても、まだ収容能力に余裕があることはわかっている。

　上機嫌でカーペットの上を這《は》い始めたカケルをふんづけないように注意しながら、紙製のアンダーを身につけ、シャツブラウスを羽織る。どっかそのへんから引っ張り出してきたスラックスをウエストに引っ張り上げながら、右足の下のほうがしわしわなのに気づく。近いうちに、プレッサーのプログラムをなんとかしなくちゃ。でも、たぶん、今晩も忘れるだろう。Tシャツにジーンズのほうが性に合ってるし、プレッサーに入って衣類にフォールをかけるのはぞっとしない体験だから、潜在意識が服をプレスするという行為に抵抗しているのだ。

　ストップ、ストップ。そんなことを考えている場合じゃない。

　カケルの『身の回り袋』をチェックして、今月の給食費をまだ振りこんでいないことを思い出す。これは、今晩まで待てない。民間託児所の経営はシビアだから、払いが滞《とどこお》ると子供を突っ返される恐れがあるのだ。わたしはまた意識をネットワークに送りこみ、二十四時間営業の銀行送金システムに入った。蛍光灯に照らされた、冷たく事務的な部屋だ。財布の中身をテーブルにぶちまけ、乏《とぼ》しい預金残高にため息をつきながら、給食費と消費税をスロットに投げこむ。

急ぎの用事を済ませると、わたしはネットワークの外に出た。さあ、現実に立ち向かう時だ。カケルをとっつかまえ、脇にぶら下げるようにして、ダイニングに駆けこむ。
朝食の準備は、ほぼ調《ととの》っていた。念のため、キッチン管理機構をチェックしてから、ご飯をよそい、お鍋に豆腐とワカメと味噌を放りこむ。味などかまっている暇はない。一煮立ちしたところで、ごはんに味噌汁をぶっかける。

カケルの離乳食は、もっと簡単だ。温まった瓶の蓋を取り、スプーンを添えるだけ。最近は、ほとんどミルクを欲しがらず、この気色の悪いペーストだけで満足してくれているようなので、とても助かる。

わたしの食事は、ものの二分ほどで済んだ。が、カケルのほうは、そうもいかない。ほったらかしておくと、スプーンを鼻の穴に突っこもうとしたり、テーブルセンターをキャンバスに見立てて、ピーナツバターで即興芸術に取り組んだりするからだ。こっちがその対処に大わらわになっていると、本人は椅子の肘掛けから、床に自殺的バンジージャンプを試みたりする。やっぱり、フロイトは正しかったのかしら?

「ダメよ」

カケルが、何か楽しいことを思いつくたびに、わたしは叫ぶ。

「ダメ、よしなさい。悪い子ね、何度言ったらわかるの?」

わたしが大声を出すと、カケルは大喜びでくっくっと笑う。天使の笑顔だ。いや、悪魔のほうだろうか。

なんとかピーナッツバターの瓶を空にして、顔と手とよだれかけのべたべたをふいてやってから、わたしはカケルを解放した。椅子から下ろせば、とりあえず飛び降り自殺の心配はない。職場で栄養失調で倒れないように、生卵を一個飲んでから、今度は出勤の準備にかかる。

例の企画書はどこだ。昨日、確かテーブルの上に置いて――。わたしは、絶望のうめき声を上げる。ついさっき、ピーナッツバターで汚れたテーブルセンターだと思いこんでいたものの正体に気づいたからだ。企画書をゴミ箱から救出し、『魔法の化学雑巾』で、とりあえずの応急処置を試みる。

身分証明パスは？　えーと、昨夜、カケルがおもちゃにしていたのを取り上げたんだから――パスは、なぜか椅子の背もたれの裏で見つかる。そうか。カケルの手の届かないところに隠したんだっけ。ロッカーのキー。あれは確か――。

いつもの、朝のどたばた劇。慌ただしいが、別に悲惨というほどではない。いつもと違う、厄介なことになったのは、なんとか身仕度を終えてからのことだった。

カケルの姿が見えない。うっかり開けっ放しにしていたチャイルドガードを抜けて、居間のほうに遠征していったのにちがいない。

「カケル！」

と、わたしは金切り声を上げた。

「カケル、どこなの？」

あーとも、うーとも、むむむむとも、返事はない。わたしは嫌な予感に襲われて、居間に駆けこんだ。カケルは、床にひっくり返って、幸せそうに寝こんでいる。今起きたばかりなのに、変ね。しかも、あんな隅っこのアクセス・プレートの下なんかで――。

げげっ。

神経電流を高速スキャンして、ネットワークに意識を出し入れするためのアクセス・プレート。つかまり立ちをすれば、大きなプレートの端に手が届く。

「カケル！」

わたしは、声を振り絞った。

「もう、あの子ったら、どこなの？」

わたしは唇を噛んだ。ネットワークには何百もの機器が繋がっている。冷蔵庫、コムマシン、テレオーディオ、ミキサー、振動カッター、水道制御チップ、レンジ、掃除機、コーヒーメーカー、湯沸かし器、プレッサー、ストッカー、皿洗い機、洗濯機、乾燥機――。カケルがそのどこに潜りこんでいても不思議はない。パスワードなんか知るわけないから、ローカルドメインを出ていないことだけは確かだけど――。

もう、時間がないっていうのに。

「カケル！」

答えはない。わたしは唇を噛みしめた。絶対今晩のうちに、アクセス・プレートを付け替えるか、内部ファイアーウォールを設定すること。

「カケル、カケルったら――」

わたしは、頭の中にロードされている時計プログラムを確かめた。八時十分。家を出なくちゃいけない時間まで、十五分もない。まだ、洗濯機を回して、ざっと掃除機をかけて、顔塗りをして、トイレも行かなくちゃならないのに。

時間がない。えーい、時間がない。どうして、こういう時にかぎって、こういうことになるの？　カケル、おまえはやっぱり、悪魔の子だ。

罵《ののし》り声が口から出かかった瞬間、浴室のほうで、ごぼっという水の音が聞こえた。給湯システムだ。

「ようし、いい子ね」

わたしは、そっと、洗面所に向かった。

わが灰色の脳細胞が、めまぐるしく回転を始める。給湯システムをネットから切り離すスイッチは、確か洗面所右手の壁――ブレーカーボックスの横にある。まず、そいつをシャットオフする。それから、意識を洗濯機のあたりに送りこんで、給湯システムのバスを塞ぐ。そしてネットワーク側から接続を再開して、カケルのちっぽけな意識を回収——。そこまで考えたところで、冷や汗が出た。回収に失敗したら、カケルの意識とわたしの意識がごちゃごちゃになってしまうかもしれない。そうしたら、トラウマの心配があろうとなかろうと、二人ともリセットするしかない。わたしはきっと、もう一度オムツを替えようとし、もう一度朝食を食べようとして——。ま、遅刻するのは確実だ。洗面所に辿り着いたわたしが、そろそろと切り離しスイッチに手を伸ばした時、今度はキッチンで、キーンというやかましい音が響いた。国際便のジェット機が離陸しようとしているみたいなあの音は——。

まだローンを払い終えていないスマート負荷制御ミキサー。離乳食用に買ったものだが、まだ一度も使ったことがない。いや、なかった。わたしは思わず怒鳴り声を上げた。

「カケル、いたずらしちゃダメ。そこに、じっとしてなさい！」

権威ある母親の指示も空しく、キッチンに行き着いた時には、もう遅かった。今度は、居間のテレオーディオ・システムが目を覚ました。ミュージック・バンクから、間の抜けたポップスが、大音量で流れ出す。

「カケルったら！」

わたしは、流し台の角に、いやというほど太腿《ふともも》をぶつけて、転びそうになった。壁に手をついて、なんとか身体を支える。

腿をさすりながら、居間に駆けこむと同時に、今度は食器洗い機が作動を始めた。まったくもう。ちょろちょろしやがって、あのガキ。

時計はもう、八時十五分。ちくしょう、こうなったら――。わたしは、アクセス・プレートに手を伸ばしかけてから、ためらった。

やみくもにネットワークに飛びこんでも、うまくカケルを見つけられるとは限らない。ネットワークは隠喩と論理の世界で、普通の意味で、カケルの姿が見えるわけではないのだ。わかりやすいところにいてくれればいいが、もう、テレオーディオにまで行ってるとなると――。

では、自走式掃除機にロードするというのは？　つまずいたりぶつかったりせずに、狭い隙間に潜りこむには、人間の身体より便利だ。ただし、それほど素早く動けるわけではないし、各種設備の切り離しスイッチを押すのも難しい。足が短くなり、マイクロ・センサーでダニの屍《し》骸《がい》まで見えるようになっちゃうし――。

悩んでいるうちに、洗濯機がごとごとと回り始めた。もう、これじゃまるでポルターガイストじゃないの。カケルったら、ネットを駆け回る冒険がよっぽど気に入ってしまったらしい。そりゃ、面白いだろう。ただ椅子から落っこちているよりは。

機械なりに賢いマンションのシステムが、電流総和を計算して、自動的にミキサーの動きを止めた。

それでも、大音量のミュージックと、洗濯機と皿洗い機、それに給湯システムのシャワーの音は、階上のシモカワ氏の注意を引くには充分だったらしい。正確なリズムで、床が――つまり、うちの天井が――叩かれた。コッ、コッコッ。箒の柄《え》によるものだろう。あるいは、当家に警告を与えるための床叩き専用ツールがあるのかもしれない。ロード可能なマシンかどうかは、わからないけど。

いずれにしても、当面、シモカワ氏にかまってはいられない。

「カケル？」

わたしは、慌てふためいて走り回るのはやめようと決心した。何か、もっといい方法があるはずだ。

そう、人間は、頭脳を使って、狩りを成功させ、テクノロジーを進歩させてきた。

ボコボコという、コーヒーメーカーの音に耳を傾けながら、わたしは考えこんだ。

それから、思いついて、猫なで声を出した。

「カケル、ウマウマ」

コーヒーメーカーが、ボコッと言った。

わたしは、わざとらしいゆっくりとした仕草で冷蔵庫に歩み寄り、扉を開いた。キッチンのどこかにいるのなら、こっちが見えているはず。いまどき、光学センサーを備えていないネットワーク機器なんかないんだから。

ミキサーがグワッと言い、洗濯機の音が止まった。赤ん坊のくせに、なんて素早いのかしら。でも、こっちに興味を惹かれているのは、間違いない。ミキサーに付いている高性能センサーなら、キッチンの全貌をモニターできる。

わたしは、冷凍庫からアイスクリームのカップを取り出した。最近のカケルはこれに目がない。

「さあ、カケル。いい子で、じっとしてるのよ。そしたら、ウマウマできる」

よく見えるようにカップを振りながら、忍び足でミキサーのほうに近づく。しかし、失敗だった。ミキサーから気配が消え、寝室でプレッサーがピーッと言っているのが聞こえた。ちっくしょう。慌てて歩き出そうとして、わたしは、自分のくるぶしにけつまずいた。

作戦、失敗。

落ちつけ、落ちついて、状況を整理しなおしてみよう。あの憎たらしいガキは、ネットワークを駆けめぐるのに夢中だ。まるで、わたしを困らせるのを楽しんでいるみたい。出勤前にわたしを疲れさせて、何が嬉しいのか。

まったく、どうしてわたしが、こんな目に遭わなくちゃいけないのよ。もう、八時二十分に近いというのに。これじゃ、化粧をあきらめて、トイレを省略しなくちゃ、とても間に合わない。また、便秘になっちゃうじゃないの。あーあ、子供なんか、引き取るんじゃなかった。

「カケル、アイスいらないの？　ウマウマ、ウマウマ」

反応はない。わたしったら、まるで馬鹿みたい。足に青あざ作って、アイスクリームのカップを掲げ持って、猫なで声を出して――。

ふーん。そうか。

わたしは不意に、どうすればいいか悟った。もう、許さない。許してたまるもんか。抵抗できないような罠《わな》をしかけてやる。そのうえで、いやというほどお仕置きをしてやるのだ。そのためなら、一日ぐらい、会社を休んだっていいかも。どうせもう、遅刻は決定的なんだし。

わたしは、シャツブラウスのボタンを、上から順番にはずし始めた。

「じゃあ、カケル、オッパイは？　ミルク飲まない？」

ブラウスを床に落としてから、ブラジャーのホックを外す。

ボコッ。

よし、コーヒーメーカーに戻ってきた。

わたしは、アイスクリームを、冷凍庫の中に戻した。

「パイパイ、オッパイ」

馬鹿みたいなことを口走りながら、ゆっくりと、コーヒーメーカーに近づく。人が見たら、何と思うだろう。三十代の母親、半裸でコーヒーメーカーを誘惑するの図。

コーヒーメーカーには、赤外センサーがついている。しかし、キッチンの壁にぶら下げてある銅の鍋は、赤外線では検知できない。たぶん。

わたしは、壁から鍋とお玉を取って、慎重に狙いを定めた。コーヒーメーカーの切り離しスイッチに手を伸ばしたら、テキはまた、別のところに逃げ出してしまうだろう。

だから——。

トラウマ。

ロードしている機器がぶっ壊されて、体感時間にギャップができたら、トラウマになるという話がある。

だが、そんなことを考えるにはわたしは疲れすぎていた。イラつきすぎていた。それにもう、八時二十五分だもの。

とにかく、ポルターガイストを退治することが先決だ。

だからわたしは、鍋を水平に振って、コーヒーメーカーに投げつけた。

ガチャンと、ガラスとプラスティックが砕ける音。天井から、シモカワ氏のメッセージが降ってくる。コツ、コツコツ。

わたしは、コーヒーメーカーの残骸と、傷ついた壁を見つめた。

どうだ。やっつけてやったか？

ミキサーがグワッと言って、わたしの希望を打ち砕いた。

タッチの差、というやつだった。しかし、おあいにくさま、わたしにはまだ武器がある。相手はまだ油断し、興奮しているはず。わたしは目にも留まらぬ速さで、お玉を投げつけてやった。

カチーン。

お玉は流しの上のミキサーに当たって撥ね返った。ミキサーは壊れなかったが、振動を検知して赤いランプが灯った。自動的に、ネットワークから切り離されたのだ。

やったか？　今度こそ、やったのか？

しばらく、耳を澄ませる。

ばかばかしかったけれど、口に出して言ってみる。

「ウマウマ。パイパイ」

寝室のプレッサーが、馬鹿にしたようにピーッと言った。

「もうっ」

トラウマ？　そんなの、知ったことか！　許さないと言ったら、許さない。毎日わたしがへとへとになってるのは、誰のせい？　仕事と家事だけでも大変なのに、さらに重荷をしょいこまなくてはならないのは、なぜなの？　なんでこう、ややこしい問題ばかり起こしてくれるの？　最善でも遅刻が決定的になったいま、わたしはすでに平常心を失っていた。

追い打ちをかけるように、コムマシンの着信ベルが鳴り始めた。ほんとうに鳴っているのか、プレッサーから移動した意識のいたずらなのかもわからない。わたしはよろよろと居間に入った。もう習慣になっている動作で、眠りこけているカケルのオムツと、お尻の間に手を突っこむ。それから、大声で叫んだ。

「もう。やめてよ。ねえカケル、ウンチしちゃってるじゃないのよ」

半べそをかきながら、わたしは、カケルの手を、アクセス・プレートに立てかけた。

「頼むから、もういいかげんに戻ってきて！」

コムマシンが黙りこんだ。次の瞬間、見よ！　カケルの身体が、もぞもぞと動き出したではないか。その身体を、素早くプレートから遠ざけると、わたしは、カケルの上に覆いかぶさるように、顔を近づけた。カケルの目が、怯《おび》えたように大きくなる。

トラウマ？

まさか。間違いない。絶対に、間違いない。

わたしは、軽く、カケルの鼻の頭を弾《はじ》いた。

それから、冷たい声で言った。

「さあ、あんたを、どうしてくれようかしら」

わたしはもちろん、カケルをひっぱたいたりはしなかった。そのかわりに、問答無用で彼の意識を吸い上げて、リサイクルボックスのメモリに閉じこめてやった。

ぐちょぐちょのオムツが半ダース入った、リサイクルボックス。彼は一日、臭いオムツをお腹の中に抱えたまま、愉快な時を過ごせばいい。

それからわたしはネットワークの中に入って、本物のカケルの意識を探した。わりとすぐに見つかった。カケルは冷蔵庫の中にいて、ピーナツバターを野菜室にぶちまけていた。こんなことなら、最初からこうしていればよかった。

だいたい、カケルがネットワークの中をあんなに機敏に動き回れるはずはなかったのだ。ネットワークの専門家とは違って、まだ何の訓練も受けていないのだから。それにカケルはもう、オッパイは卒業している。どうもおかしいと途中で気づいて、オッパイをちらつかせたら、ヤツはすぐに引っかかった。この作戦は惜しくも失敗したけれど、わたしに手ずからオムツを替えてもらうという誘惑には、ヤツも抵抗できなかったようだ。

わたしは鼻歌を歌いながら、車に意識をロードして、託児所に向かった。あのストーカー野郎がリサイクルボックスに閉じこめられていると思うと、気分が浮き立った。勝手にローカルドメインに侵入し、カケルを隠れ蓑《みの》に使って、わたしの身の回りを火花となって飛び回ったりしたんだから、当然の報いだ。

わたしの上機嫌は、カケルを預けて三十分遅れでオフィスに到着するまで続いた。黙って向かいに座っているボスに、遅刻を弁解することも考えなかったし、このネットワーク時代に、わざわざ出勤しなくちゃいけない不合理も、今日ばかりは気にならなかった。わたしのすべての苦労の元凶である元夫に、しっぺ返しをくらわしてやれたのが、それほど嬉しかったのだ。さて、帰ったら、今度はどうやっていじめてやろう。

　鼻歌交じりにオフィスのサーバーに入りこむと、わたし宛《あ》てのメールが届いていた。

　差出人は、おなじみ『心の友』。ヤツは、家だけじゃなくて、オフィスにまでメッセージを残してたのね。ほんとに、ねちっこいったら。

　でも、メールを流し読みしたわたしの鼻歌は、ぴたりと止まった。

「実に刺激的な体験をありがとう。最後に、意識をスワップして逃げ出すには、幸運ばかりじゃなくて、僕のテクニックのすべてが必要だったよ。いや、それにしても、いいタイミングだった――」

　スワップ？　幸運？　タイミング？　テクニック？　そりゃいったいどういうこと？

　ヤツは、たったいまも、リサイクルボックスに閉じこめられてるんじゃないの？　非常に嫌な予感に襲われて、わたしは素早くサーバーから抜け、顔を上げた。

「ボス？　ひょっとして、さっき、わたしの自宅にコムかけました？」

　返事はない。ボスは、身動きもせずに座っている。デスクのアクセス・プレートに左手を置き、中空に目を据えて、どこかに意識をロードしちゃってるみたいな感じで。

隣の席のオカちゃんが、凍り付いているわたしに向かって、声をかけた。

「ボスですか？　あら、変ね。あなたがまた遅れそうだからって、ご自宅に企画書を見に行くっておっしゃってましたけど。会いませんでした？」

わたしは、ごくりと唾を飲みこんだ。

「あ、それって、まさか——直接——」

「ええ、直接、コムマシンに意識をロードしたほうが早いとか、言ってたわね。行き違いになったのかしら？」

いいえ、と、わたしは声に出さずに答えた。

コムマシンに着信したばかりの別人の意識を見つけた元夫が、とっさに、メモリ・スワップをやってのけたのだ。上司が今、どこにいるのか、わたしははっきりと知っている。

わたしは、のろのろと、通信回線に入りこんだ。

それから、言い訳を考え始めた。

三十分にわたって、ぐちょぐちょのオムツと一緒に過ごしているはずの、小心で潔癖でせっかちなボスに対する言い訳を。

0
OMTS
YOUCHAN

この日のために

ルーイはロボット。世界を救う者。そして彼もまた……。


ルーイは、『あの方』のドームを目指していた。

不気味に静まり返った町を、右足を引きずりながら歩いていた。

今日の騒ぎで壊れてしまったのではない。ルーイはいつも、右足を引きずりながら歩く。

ずいぶん昔には、この歩き方が恥ずかしいと思ったものだ。みんなにいろいろ言われるのがつらくて、ずっと、家に閉じこもっていようとしたぐらいだ。でも、今はもう、大丈夫だ。ママが、何度も何度も言い聞かせてくれたから。そう、こんなふうに。

「お前は、特別なのよ、ルーイ。お前は、特別に神様に作られた天使なの。いざという時に、世界を救えるのは、お前だけかもしれない」

　でも、とルーイはよく問い返したものだ。

「特別なんか、嫌だ。どうして僕なの？　僕は、みんなと一緒がよかったのに」

　そんな時、ママは、おかしな泣き笑いの顔を作って、説明してくれた。

「みんな一緒だったら、困るでしょう。ママもパパも、隣のデューイさんも、区別がつかなかったら、ルーイはどうするの？　よく覚えておきなさい、ルーイ。みんなが一緒の世界っていうのは、とても弱い世界なのよ」

　ルーイは、口をとがらせた。

「よくわからないよ。どうしてそれが弱い世界なの？」

「そうね――。パパは頭がよくて、手先が器用でしょう？　デューイさんは、頭はそんなによくないけど、とても力が強いわ。ルーイのおもちゃが壊れた時、ルーイなら誰を呼ぶ？」

　ルーイは、強い誇りを込めて、答える。

「パパだ」

「じゃあ、大きなタコイヌが襲いかかってきた時は？」

　ルーイは、ちょっと考えてから、後ろめたそうな顔になる。

「デューイさん」

　デューイさんは、市の鉱山で働いている。エアロカーが立ち往生してしまった時だとか、ドームの柱を取り替える時、腹を空かせたタコイヌが飛びかかってきた時なんかは、とても頼りになるのだ。

ママは、ルーイの答えを聞いて、にっこり笑う。

「そうでしょう。みんながパパみたいに頭がいいだけだったら、タコイヌが来た時に困るし、みんながデューイさんみたいに力が強いだけだったら、環境制御システムが壊れた時にどうしようもなくなるわ。みんながそれぞれ違っているほうが、いい世の中なのよ」

何度も同じ説明を受けているうちに、ルーイにも、次第に呑み込めてきた。みんなが違っているように、『あの方』は僕たちをお作りになったのだ。そのほうが、いい世の中になるから。

そうは言っても、みんなにルーイの脚を引きずる歩き方や、フォーカスの合わない目、遅延しがちな推論機構なんかをからかわれるのは、悲しいことだった。パパは、そういうことをからかうような連中は何もわかっていないのだし、結局、『あの方』ご自身を侮辱していることになるのだと言ってくれるのだけれど。

パパとママも、時にはルーイのことで、怒ったり、悲しんだりすることがあると、ルーイは知っていた。それというのも、ルーイは、二人が議論をしているのをこっそり聞いていたことがあるからだ。

「いくら、『あの方』のなさることだって、残酷すぎるわ」

と、ママが言う。

「どうして、あの子がこんなに苦しまなければならないの？　運動統御プログラムのバグをとって、視覚機構と推論補助エンジンを交換するぐらい、簡単にできるはずよ」

「もちろん、『あの方』には、おできになるだろう」

と、パパは答える。

「でも、そうはなさらないよ。ルーイは、ランダム変異プログラムが作り出した、われわれへの贈り物なのだ。お前も報告日にお話をうかがったろう？　いつか、あの子がこの世界を救うことになるのだと、『あの方』はおっしゃっている」

「でも――」

でも、ルーイはもう、気にしないことにしていた。ルーイは、パパとママと、隣のデューイさんと、クラスメートのジョックスを愛している。みんなも、ルーイを愛してくれている。ルーイは、『あの方』を愛しているし、『あの方』も、ルーイを愛してくださっている。

ドームの外れから見る鉱山の稜線《りようせん》は素晴らしいし、海洋牧場の青さは目に染みる。そしてルーイは、いつの日か、この素敵な世界を救うことを運命づけられているのだ。家族がいて、楽しみがあって、担うべき役割がある。それ以上、何が必要だというのか。

心ない大人が、不様な歩き方を嘲笑《ちょうしょう》しようと、友達だと思っている誰かが、間違った推論をからかおうと、そんなことは、大事なことじゃない。

でも――ときどき、ルーイは心配になる。心ない大人っていうのも、何か目的があってここに置かれたのだろうか。ランダム変異プログラムが作り出した悪意や無知も、やがて何かの役に立つ日が来るのだろうか。

ルーイにはわからない。でも、悪意や無知が役に立つ現場には、居合わせたくないと思う。

幸い、『あの方』の意図は、ルーイが心配しなければならないことではなかった。ルーイはただ、脚を引きずりながら歩くだけだ。その歩き方のせいで、つま先の保護パッドを、しょっちゅう交換しなければならないとしても、そんなことは問題ではない。面白かったり、美しかったりする周囲の光景は、他のみんなよりぼやけて見えているはずだし、色のバランスも違っていたが、ルーイは、自分だけ、特別にきれいなものを見ているんだと信じることにしていた。鉱山のエアロトラックの茶色も、魚肉加工工場の灰色の煙も、ドームのブルーの空も、ルーイのために、特別に用意されたご馳走なのだ。

そう考えると、毎日がより明るく、素晴らしく感じられる。

脚を引きずっているからこそ、プラスフォーム舗装の凹凸を、面白いと思うことができるのだし、推論機構に遅延があるからこそ、きれいな工事標識やパラボラ・アンテナを、じっくり見つめる時間ができるのだ。学校の授業についていくのが難しくても、クラスメートからサッカーの誘いがかからなくても、ルーイは、幸せなロボットだった。

昨日までは。

ルーイは、今はあまり幸せではない。町の光景は今やご馳走ではないし、動きのない舗道にクラスメートの姿もない。歩きながら、ルーイは今朝からの出来事を、順を追って思い出した。

夜間メンテナンスから目覚めてみると、何かがおかしかった。

いつもなら、誘電コネクタを内蔵したクレイドルから優しく抱き起こしてくれるママが、部屋に現れなかった。パパの部屋から、ワークステーションのファンの唸《うな》りも聞こえない。日曜日だというのに、デューイさんが芝を刈るモーターの音も聞こえなかった。

ルーイは、初め、自分の感覚機構がおかしくなったのではないかと思った。前にも一度、そういうことがあったのだ。パパが手早く接点をクリーニングしてくれるまでの間、ルーイは暗闇と静寂に閉じこめられて、とても不安だった。

でも今朝は、とルーイは思った。

あの時とは違う。黄色い部屋の壁も、その壁にかかった魚肉缶増産キャンペーンのポスターも、よく見える。自分の頭がクレイドルにぶつかる、かちりという音もはっきり聞こえたし、誘電コネクタの苦いような味も感じられる。

なのに、いつものものが見えないし、いつもの音が聞こえないのだ。

ルーイは、じっくり考えてから、結論を出した。

おかしいのは、僕自身じゃない。『いつものもの』のほうに、問題があるのだ。

ルーイは、クレイドルから跳ね起きて、ママを探しに行くことにした。

パパとママの寝室は、ルーイの部屋の向かいにある。古いツインのクレイドルを並べた、窓のない部屋だ。ルーイは自分の部屋から出ると、両親の部屋のドアを開けた。

中は、真っ暗だった。

ルーイは顔をしかめた。これも、いつもと違うことだ。パパは、暗いのが嫌いだった。パパの考えでは、『周囲をチェックできない』のは、とても困ったことなのだ。だから、夜間メンテナンスが終わってクレイドルから解放されるとすぐ、インフラレッドの明かりをつける。

なのに今は、そのインフラレッドが消えている。

ルーイは、推論エンジンに接続された発信器を操作して、部屋の照明リレーをオンにした。明かりがつくと、ルーイの、あまり調子のよくない視覚機構に飛び込んできたのは、びっくりするような光景だった。ルーイは製造されてからこのかた、パパとママが、じっとクレイドルにおさまっているところを見たことがなかったのだ。二人はいつもルーイより先に起きて、動き回っていた。だからルーイは、ひょっとすると両親には、夜間メンテナンスは必要ないのではないかと考えていた。

なのに今、二人はクレイドルに接続されたまま、身じろぎもしていない。

ルーイは、二人のクレイドルに駆け寄った。

「ママ、パパ、どうしたの？」

ママは、頭をぴったりとクレイドルにくっつけていた。目は開いたままで、唇がかすかに痙攣《けいれん》している。そこからは、言葉にならない、微かな声が洩《も》れていた。

「ル――ア。ル――ア。ル――ア」

ルーイは、自分がいつもしてもらっているように、ママを抱き起こそうとした。でも、ママの身体はひどく重くて、クレイドルから持ち上がらなかった。ルーイはぞっとした。ママの動力機構が、作動していない！

ガチャ、という音を聞いて、ルーイが顔を横に向けると、パパが、何とか頭を起こそうとしているところだった。

「パパ！」

ルーイは、パパの胸に触れた。ほっとしたことに、リズミカルな冷却ファンの振動が感じられる。

パパは、クレイドルの上で唐突に首を回して、ルーイに顔を向けた。それから、明瞭な声で言った。

「56110ff。3d2e。fefe。221a5cba。4f5f3e」

「どうしたの、パパ。何が言いたいの？」

パパは、一度瞬きをしてから、答えた。

「6f7c7c1459ee8f。55ef44。bcbd」

ルーイには、パパの言っていることは一言も理解できなかった。ルーイは助けを求めて、家の外に駆け出した。

前の道に出た途端、お隣の庭に、がっちりした体型のデューイさんが立っているのが見えた。

ルーイは大声を上げた。

「助けて、デューイさん。パパとママの様子がおかしいんだ」

デューイさんは、無言で右手を上げて、ルーイのほうを振り向いた。ルーイは必死で叫んだ。

「お願い。デューイさん、うちに来て！」

デューイさんは右手を下ろした。そして、首を回して、通りの向こうに顔を向けた。

ルーイはデューイさんの視線を追ってみたが、そこにはツツジモドキのエメラルド色の茂みがあるだけで、何も変わったものは見えなかった。

「デューイ、さん？」

デューイさんは無言で右手を上げて、ルーイのほうを振り向いた。それから右手を下ろし、首を回して、通りの向こうに顔を向けた。ルーイが見守るなかで、デューイさんは、正確に同じ動作を五回繰り返した。その間、何も喋らなかったし、表情を変えもしなかった。

駄目だ、と、ルーイは思った。デューイさんまでおかしくなってしまった。

どうしよう。どうしたらいいのか。誰に助けを求めたらいいのか。ルーイの貧弱な身体では、三人を修理工場に連れていくことなんてできない。

そうだ。ルーイは思い出して、大事なことをちゃんと記憶していた自分を誇りに思った。

緊急呼出コードがあった。異常事態になった時に、誰でも発信することのできるコード。学校に上がるとすぐ、全生徒が最初に教わるコードだ。

ルーイは、首を傾げて、自分のＩＤと、自宅の住所が組み込まれたコードを発信した。

何も起こらない。本当なら、すぐに受領確認コードが返ってくるはずなのだ。なのに、無線交信システムの搬送波さえ、感じられなかった。無限の深さを持つ採掘抗に、石ころを投げ込んだ時みたいな静寂があるだけ。

ルーイは、もう一度、コードを発信してみた。システムの自己診断をかけてから、さらにもう一度。

静寂。

ルーイは、パニックに襲われそうになった。おかしくなったのは、この近所だけではないみたいだ。メッセージ・センターまで、機能を停止している。他に、助けを求めるところがあるとすれば――。ルーイは、そんなに知り合いが多いほうではない。学校のミンツ先生はどうだろう。でも、前世紀に作られた教師ロボットであるミンツ先生は、運動機構だけでなく、発声機構にまで障害があって、しょっちゅう修理を繰り返している。こんな時に、頼りになりそうにはない。

そうだ。ルーイは、いいことを思いついた。

クラスメートのジョックスのパパは、そのミンツ先生のかかりつけの修理工だった。あの人なら、助けてくれるに違いない。

ルーイは、家のほうを振り返って、叫んだ。

「パパ、ママ、待ってて。助けを呼んでくるから」

脚を引きずって走り出しながら、ルーイは、もう一言つけ加えた。

「それに、デューイさんもね」

ジョックスの家は、三ブロックほど離れたところにあった。必死で走りながら、ルーイは、町の異様な気配に気づかずにはいられなかった。

町は、いつもルーイが楽しんでいる華やかな色合いを、全て失ってしまったようだった。

走っているエアロカーは、一台もない。

散歩をしている人たちや、教会に向かう着飾った家族連れの姿も見えない。いつもの日曜なら、舗道にずらりと並んでいる刺激電池の屋台や、ビデオチップ・パーラーも見あたらなかったし、缶詰工場の生産目標をがなり立てるスピーカーの音もしない。海洋牧場のビーコンや、ドームの境界付近を監視する無人飛行機のモーター音もしない。

静寂に塗り込められた町は、ルーイの特殊な視覚機構を通してさえ、色彩を失ってしまったように見える。

ようやくジョックスの家の前に立ったルーイの胸には、すでに絶望感が居座っていた。

これじゃあ、ジョックスも、ジョックスのパパも、きっと——。

ルーイの悪い予感は、当たっていた。

ドアの外の呼出ボタンを押しても、大声で呼びかけても、誰も出てこない。ドアのロックを外して、中に入ったルーイが見たのは、予想通りの光景だった。三つのクレイドルと、三人のロボット。ジョックスとその両親だ。ジョックスのママが、何かわけのわからないことを呟いているだけで、三人とも、身動きが取れないみたいだった。いつもいきいきしているジョックスのインテンシ・アイにも、光がなくて、何度呼びかけても答えがない。

ルーイは、思わず、カーペットの上に座り込んだ。

みんな、おかしくなってしまった。

いつもと同じなのは、町じゅうでルーイ一人みたいだ。こんな時に、タコイヌが襲ってきたり、環境制御システムが壊れたりしたら、どんな恐ろしいことになるだろう。

「助けて!」

ルーイは、座り込んだまま、大声で叫んだ。

「誰か、助けて!」

答えはなかった。ルーイは、遅延のある推論機構を使って、じっくりと考えた。これまでにないぐらい、じっくりと。

それから、ゆっくりと立ち上がった。

やるべきことが、わかったのだ。

それは、普通のロボットなら、決して思いつかないようなアイディアだった。助けを求めたり、緊急コードを発信したりすることは、ルーイたちのプログラムに組み込まれている。しかし、この場合、プログラムは役に立たない。

助けを求めるのではない。

ければならない。

決心すると、ルーイは脚を引きずりながら歩き出した。

誰の指示も、許可も得ていない。でも、行かなくてはならないのだ。

今日こそが、『その日』なのだから。

町の通りから外れて、鉱山の稜線を右手に長いこと歩くと、やっと、例のドームが見え始めた。ルーイがその建物に近づいたことは、これまでになかった。パパやママのような大人たちだって、用事がなければ近づかないのだ。はっきりと禁止されているわけではなかったけれど、それぞれの個体に、年に一度割り当てられている『報告日』か、特に指示された場合を除いて、住民はここに来ようとはしない。

でも、ルーイは、来た。長い道のりを経て、タコイヌと遭遇する恐怖も振り捨ててやってきた。

ここに、答えがあるような気がしたから。

自分は、『あの方』によって配置された、特別の個体、ママの言う『天使』なのだ。そして、今日が、『その日』。その確信が、ルーイに足を進めさせた。多少、引きずりながらではあっても、しっかりとした足どりで。

それは、薄い、錆《さび》の浮いた軽金属性のドームで、恐竜の骨のようなマス・ドライバーに繋がる、搬出道の外れに建っていた。

搬出道のプラスフォームも、このあたりまで来ると手入れが行き届いていなくて、ひびや穴に覆われている。こんな時なのに、ルーイは、その凹凸を楽しんだ。

灰色のドームは小さく、ルーイの家とさほど変わらない大きさでしかない。

入り口のエアロックの上には、少し傾いた表示板が掲げられている。

『管理事務所』

この中に、あの方がいる。

そう思うと、ルーイの胸は、どきどきしてきた。そう、ルーイの胸はどきどきすることがあるのだ。これも、推論機構の遅延によるものなのかもしれない。

ルーイは、ちょっとためらってから、エアロックのドアに手をかけた。

ルーイが来るのがわかっていたみたいに、ドアは自動的に開いた。

ルーイが右脚を引きずりながら中に入ると、外側のドアが、シュッという音とともに閉じた。ロータリー・ポンプがロックの中の空気を吸い出す音がしてから、内側のドアがゆっくりと開いた。

「お入り」

というくぐもった声が聞こえた。

エアロックの向こうに、『あの方』が立っていた。造物主にして、導き手である『あの方』。この市に起こる出来事を、あまねく統《す》べておられる『あの方』。

「あ、あの」

ルーイは、自分が、『あの方』に、どう話しかけるか、考えてこなかったことに気づいた。『あの方』は、ルーイたちよりも柔らかい顔の皮膚に皺を寄せて、優しく、ルーイを見つめた。

「やはり、君か。よかった。誰も残っていないんじゃないかと、心配していたんだ。さあ、こちらにおいで」

ルーイは、いつもよりさらにぎこちない足どりで、中に入った。

『あの方』は、ルーイにソファーを勧めると、自分もルーイと並んで腰掛けた。

ルーイは、堰《せき》を切ったように喋りだした。

「ママとパパが変なんです。隣のデューイさんも。それに、ジョックスのところの家族も。町には誰もいないし、音も色もありません——」

「まあまあ」

『あの方』は、穏やかに、ルーイの背中を撫でた。

「君のママとパパは、どういうふうに変なんだね？　落ちついて、ゆっくり説明してごらん」

そう言われて、ルーイは、気持ちが穏やかになるのを感じた。『あの方』は、わかっていらっしゃる。きっと、何もかもうまくいくのだ。

ルーイは、ときどきつかえながら、ママとパパや、町のみんなに何が起こったのかを説明した。『あの方』は、決して急《せ》きたてることなく、辛抱強く、ルーイの説明に耳を傾けてくれた。

話が終わると、『あの方』は、優しく頷いて、ルーイの腹部に触れた。

「なるほど。それじゃあ、どんなウイルスなのか、ちょっと見せてもらうとしよう」

ルーイは、お腹のあたりがくすぐったくなるのを感じた。『あの方』が、腹部にある簡易ディスプレイ・モニターを作動させたのだ。

「ふうむ。なるほど。そういうことか。これなら大丈夫だ」

どういうことなのかわからなかったが、ルーイは、安堵の吐息をついた。『あの方』が、大丈夫だとおっしゃるのなら、もちろん大丈夫なのだ。

でも、ルーイには、疑問があった。

「あのう――これは、ウイルスなんですか？」

「そうだよ」

と、『あの方』は答えた。

「夜間メンテナンスの間に、たちの悪いウイルスが、みんなのメモリーにもぐり込んだんだ。ごくたまに、こういうことが起きる。君も知っているように、夜間メンテナンスは、本社から送られてくる最新のソフトウェアやデータを、君たちの中に送り込んで、みんなをもっと強く、賢くするためのものだ。本社のほうじゃ、インストール・プロダクトを何度もチェックしているはずなんだが、ごく稀《まれ》に、ウイルスがチェックをすり抜けて紛れ込んでしまう。悲しいことだが、何かを壊すことに快感を覚える悪質なクラッカーは、いくらでもいるもんでね」

ルーイには、細かいことはよくわからなかったし、興味もなかった。でも、一つだけ、訊いておきたいことがある。

「それじゃあ、どうして、僕だけ、何ともないんでしょうか？」

『あの方』は、ゆっくりと首を振りながら、言った。

「この市が、ウイルスの被害によって機能不全に陥《おちい》ったりしないように、われわれは予防措置を講じている。君たちのオペレーティングシステム——基本ソフトは、統一されていないんだ。システム・アーキテクチャやバージョンの違いは、あえて統一しないようにしている。パパやママ、デューイさんの壊れ方が、それぞれ違うことに気がついただろう？　今回のウイルスは、メイン・ロジックにトラップをかけて、特定のアドレス・チェーンを破壊するものだ。でも、個体によって、そのアドレスに展開されているモジュールが異なっている。君のママは、言語中枢と運動中枢をやられた。パパは、言語モジュールより前段のエンコード・プログラムを飛ばされてしまった。デューイさんは、特定動作のループから抜けられなくなった。いいかい、みんな、それぞれに違っているから、同じ被害にはならないんだよ」

ルーイには、ママが言っていたことがよりよく理解できた。みんな違っている。だから、強いのだ。みんな同じだったら、同じウイルスにやられて、一斉に動けなくなってしまう。たぶん、そういうことなんだろう。

「でも、僕は？」

『あの方』は、寂しげな笑いを浮かべた。

「これまで、人と違っていることで、ずいぶんつらい目に遭ってきただろうね。その点は、わたしの責任だ。わたしが、君たちの製造工程にランダマイザーを組み込んで、一定の確率で変異個体ができるようにしているんだ。アーキテクチャやバージョンが違っても、基本的なロジックはどうしても似てきてしまうし、推論機構やメモリ展開などの基礎モジュールには、共通コードが多い。だから、あえて、最適化されていない特異な個体を作っておくんだよ。君のその歩き方や、独特の推論の仕方——不便だったろうが、こういう時に強みを発揮する」

ルーイは頷いた。僕は、他のロボットと違っていた。差異は、単純な優劣ではない。

どんな違いだろうと、弱みになることも、強みになることもあるのだ。

「今度のウイルスは、あるタイミングで、自分自身をメモリに展開しようとする。でも、君の推論機構には遅延があって、書き込みタイミングが、他の人とはズレている。それに、歩行システムへの信号インパルスを処理するために、君のコ・プロセッサは、普通と違うデコード・ステージを強いられている。そんなわけで、標準体をターゲットに設計されたウイルスは、君のメモリに入っても、君を害することはできなかったわけだ。君は、特製の天使なんだよ」

『あの方』は、いとしげに、ルーイの頭を撫でた。

「わたしは、君たちと違って、この星の大気の下では生きられない。君たち全員がおかしくなってしまったら、手も足も出なくなるところだった。今から、ワクチンを作ってあげよう。君は、それを、みんなに届けて回るんだ。右手のプラグで、ワクチンをみんなに流し込むことができる。今から、他ならぬ君が、この世界を救うんだ。もう、誰も、君を馬鹿にしたりしないだろう。君はまさに、この日のために生まれてきたんだよ」

そうなんだ。ルーイの胸に、目の前の『あの方』に対する感謝の念と、強い誇りが満ちた。

そうなんだ。今日が、その日だ。今日、『あの方』は、僕を使徒として遣わされる。この、右脚を引きずって歩く僕が、世界を救うのだ。ママとパパは、どんなに誇りに思うことだろう。

ルーイは、恭《うやうや》しくお辞儀をすると、少し遅延した微笑みを浮かべた。

ワクチン・ソフトをインストールされて、右足を引きずりながらも誇らしげに歩み去っていくルーイを、管理事務所の男は見送っていた。

ドームの二重窓ごしに見えるロボットの町は、あいかわらず、陰鬱《いんうつ》な光景を晒している。馬鹿げた生産強化のポスター、むき出しの工業用スピーカー、何の装飾もないアンテナや標識板。ひびだらけのプラスフォーム舗装。実用一点張りの建造物や輸送機関。灰色のスクラップ置き場のような『商店街』。

その風景の中を、コイルやソレノイドをむき出しにした不格好な少年ロボットが、ひょこひょこと遠ざかっていく。

海と、缶詰工場と、鉱山だけの、ほぼ無人の星。酒場もレストランも、人間向けのスポーツ施設もない。

この日のために、か。

男は、苦い笑いを浮かべた。

あの、気の毒な少年ロボットと同じように、自分もまた、『この日のために』配置されているのだ。ロボット都市は、ほぼ百パーセント、メンテナンスフリーで働き続ける。

鉱石を採掘し、コンテナに詰めて、マス・ドライバーで軌道に打ち上げる。海から魚肉を採取し、缶詰を作り、これまた、衛星軌道に放り出す。付帯する事務も全て、ロボットたちが完璧にこなしてくれる。

電力は太陽に由来し、衛星から無限に供給される。工作機械とロボットたちは、お互いに修理し合う能力を持っている。ほうっておいても、この星は、何百年も機能し続けるのだ。

今日のような事故が起こらない限り、『あの方』――造物主たる人間の出番はない。自分の出番はない。

ロボットたちから、無用の定期報告を受ける以外の仕事はめったにない。気晴らししようにも、人間は自分一人しかいない。有害な大気の下では、外出もままならない。巨大な捕食性動物のタコイヌが、ときおり境界線を越えてくる。そんな環境での勤務に満足する人間がいるだろうか。

いるとしたら、自分のような者しかいない。罪を犯して、死刑や終身刑を宣告された人間たち。刑の免除と引き換えに、十年間の孤独で無為な暮らしを受け入れた者たち。

契約の任期は、まだ五年以上残っている。単調な、引き延ばされた五年間。糖蜜のように重く粘った時の歩みを思うと、刑務所のほうがましだったかもしれないと思えてくる。裸でドームの外に飛び出してしまいたくなる。

この日のために。

世界を救う、このような日があるから、まだしも耐えられる。自分にも、存在意義があるのだと思いこめる、数少ない日。ロボットたちから頼られ、偽りの称賛を浴びることのできる日。

本当の神も、これほど退屈だったのだろうか、と、男は思う。退屈のあまり、世界に危機を作り出したりされなかったのだろうか。

管理事務所の男は、ルーイの金属の背中から目を逸らし、自分の神に、同情に満ちた祈りを捧《ささ》げた。神よ、あんたの弱さを許します。だから、おれの弱さもお許しください。

祈りが済むと、男は、全てのクレイドルに接続されている夜間メンテナンス用のサーバーから、ちっぽけな分子ディスクを弾き出した。それは、孤独なロボット惑星管理官のために本社から支給されている、非常用ディスクだった。もともとは、ロボットたちが、反乱を起こした時に使うためのものだ。あるいは、人間の権威をアピールする必要が生じた時に。しかし、多くの管理官は、恣《し》意的に、用途を拡大している。世界を救うという茶番。権威付けのためとこじつけられた退屈しのぎ。

次の『この日』は、いつになるだろうと、男は思った。自分がまた、退屈に耐えきれなくなって、バラエティに富んだウイルス・ディスクを、スロットに差し込むことになる日は。

また、新しい『天使』を設計し、育てておかなければと、彼は考えた。
その日のために。

カレシいない歴

半年もカレシがいないなんて、寂しすぎて、死んじゃいそう。

あたし、カレシいない歴半年。

この星――地球の先生やお友達は、そんなの大したことじゃないって笑う。カレシいない歴十何年とか、そんなの普通だし、カレシなんかいなくたって楽しみはたくさんあるんだからって。

身体の柔らかい地球人たちには耐えられても、あたしにはとても耐えられそうにない。だって、あたしにはお父さんもお母さんもいないんだよ？ 家族、ひとりもいないんだよ？

そんなのってある？

そう。孤児って言うんだ。地球人にも、そういう気の毒な人がいるのね。あたしみたいに独りぼっちの人が。

あたしが生まれた星はダーラβⅢ。でも、そこはもう、ヒトが住めない環境になっちゃってるって、マゼラン人のトーブ博士は言う。まだちっちゃかったから本当のところはよくわからないんだけど。『機構』の人にあたしが助け出された時も、実に危ういタイミングだったんだって。

何年か前に大きな隕石が落ちてきて、ダーラβⅢの大気中に、衝撃で噴き上がった埃《ほこり》の微粒子が充満したのね。あ、このへんみんなトーブ博士から聞いた話だけど。微粒子はダーラβの太陽光を遮って、地表は急速に冷え込んだの。あたしたちの種族は、もともと地熱を求めて地下深くで暮らしてたんだけど、隕石落下が引き金になってダーラβⅢの地殻プレートは不安定になっちゃったらしいのよ。地震と落盤が続いて、結局あたしたちの種族は、地下の迷路の中でバラバラになったんだって。あたしが救い出された時には、ってことよ。その時、あたしのそばには誰もいなかった。お父さんもお母さんも。たぶんね。

あたし、その時は生まれたばかりで、目も見えなかったし、ろくに動けなかった。『機構』の人がバイタル探知機持って地下洞窟に入って来てくれなかったら、確実に餓死してたはず。

こんなこと言っちゃいけないかもしれないけど、助けてくれなかった方がよかったかもしれない。

あたし、この星で独りぼっちなんだもの。ダーラβⅢの種族の生き残りは、この世であたしひとり。そういうことになってる。もちろん、そんなはずはないっていうのが、あたしの考えだけど。そんなの信じたくないでしょ。

ダーラβⅢの環境は、マゼランγφⅥや地球なんかに比べると、もともとっても過酷だったんだそうよ。冬はマイナス百度まで冷え込んで、凍結した水は簡単には利用できなくなる。夏は全てが高温で干上がって、やっぱり地表では水が見つけられなくなるの。

循環器を持つ生命体にとっては致命的な環境だって、トーブ博士は言ってた。でもあたしたちの種族は、ずーっとそこで生きて来たの。地下を避難所にしてね。地熱が地下水を温めてくれるから、冬でも地下には水がある。夏でも、地下水は高熱による蒸発を免れる。岩盤による保護は、もちろん完璧じゃない。でもわたしたちの種族は、とてもタフに進化してた。

環境が悪い時には仮死状態になって、代謝レベルをゼロ近くまで落とせる。で、環境がいくらかマシな状態になったら、最高効率でダーッと繁殖するの。地表に葉を広げるナフラスの木は、地下に根茎を伸ばしてくれるし、ダーラミミズやメヌケナマズみたいな生き物もいるから、短い春と秋には、地下は食料資源の宝庫になる。その時期を、あたしたちの種族は最大限に活用してたのね。

今は——よくわからない。

あたしが『機構』の人に助け出されて地球に連れて来られてから、ダーラβⅢの地表の温度はさらに下がったんだって。赤外線写真によれば、ナフラスの木もほとんど枯れちゃってるって。落盤で、地下の空洞も少なくなって……。

だから、いくらタフなあたしたちの種族でも、生き延びられなかったんじゃないかってトーブ博士は言うの。博士、ほんとは優しいけど何でもはっきり言う人だから。マゼラン人ってそうなのよ。

実際のところは、博士にもわかってないんじゃないかと思う。

何年か経っていい仕事に就いて、十分なお金が貯まったら、ダーラβⅢに行ってみたいと、あたし思ってた。ひょっとすると、どこかの洞窟の中で、お母さん、お父さんもまだ、仮死状態で生きてるかもしれない。ひょっとすると、カレシと一緒に暮らせるかもしれないじゃない。

でも、それには何年も何年もかかる。『機構』の装備や資源に余裕がないことはわかっているから、トーブ博士に無理を言うわけにもいかない。

問題は、それだけの期間、あたしが、カレシいない状態に耐えられるかどうか。

カレシ、最初からいなかったわけじゃないんだよ。生まれる前にはいたの。

あたし、生まれたばかりでここに連れて来られたから、カレシの顔を知らない。お父さんお母さんの顔もね。ぜんぶ同じ意味だけど。

カレシが生きているとしたら、ダーラβⅢにいるんだ。

でも、地球にいる限り、絶対に会えない。

つまりあたしは、何年も何年も、独りぼっちで過ごさなきゃいけないってこと。カレシもお父さんもお母さんもいないところで、一人で生きて行く。そんなこと、できるかなあ。

夫がいないところで、子育てもしなくちゃいけない。

正直言って、あたし自信ないよ。そんなの無理っぽい。

あたしはね、生まれてたった半年だけど、もう子供ってわけじゃないの。あたしの話を聞いててわかったと思うけど、もう立派な成年よ。ここで高等教育とかいうのも受けてて、進歩が速いって褒められた。数学とか物理学とか天文学とか、語学とか、何でもね。カレッジ進学も夢じゃないって。ほら、あたしたちタフな種族だって言ったでしょ。適切な環境さえあれば、あたしたちの成熟はとっても早い。数ヵ月で成体になることができるし、生きるために必要な知識を身に付けるスピードもうんと速い。短い春や秋の間に、精一杯生存して、しかも繁殖しなくちゃいけないから、そういうふうに進化したわけ。成長にじっくり時間をかけられる地球人やマゼラン人とは違うのよ。

　もっと言えば、あたしたち、地球人なんかと違って、生まれる前からある程度成熟しているのね。

　トーブ博士なら、よく知ってるわ。『機構』は、熱心にあたしを研究してるから。トーブ博士やカプラン先生が勤めてる『機構』。これは略称で、正式には『汎《はん》銀河多様性確保機構』って言うのよ。ありとあらゆる生物種を保存して遺伝子プールの多様性を確保するのがお仕事なんだって。よくわからないけど、巨視的に見れば、多様性を確保することによって、汎銀河の生命体が生き延びる確率を上げられるんだって。多様性があれば、環境変化や脅威に遭遇しても、全体としての生命体が生き延びられる可能性を高めることができる。トーブ博士はそう言うの。生命の多様性は、疫病に対抗する薬品や、過酷な環境で生命を維持できる形態、有効な繁殖戦略なんかを生み出すんだって。だから『機構』はあたしを見つけて、保護してくれたってわけだけど。絶滅に瀕した、他のたくさんの種族や生物種を保護したようにね。

　ほんとのこと言うと、あたしは『機構』の目的に、あんまり関心がないの。

　あたしは、独りぼっちの女の子――いいえ、そうじゃないわね。ほぼ成熟した女性としてカレシが欲しいだけ。カレシと夫ね。それにお父さんとお母さん。トーブ博士にはなかなかわかってもらえないんだけど、あたしたちにとって、家族はとっても大切なの。

　そうね。カプラン先生のほうが、まだわかってくれるみたい。先生は女性だから、頭の固いおじいちゃんのトーブ博士より、きっとあたしの考えに近いのね。もっとも、先生、カレシいない歴は二十年以上だって豪語してたけど。あれって、ある種の自慢かな？

地球人のカプラン先生には耐えられても、あたしにはとても耐えられそうにない。

カレシいない歴半年。

あたし、とっても寂しい。我慢できないほど寂しい。柔らかい地球人のお友達では、この寂しさは癒せないの。家族でなくっちゃ。本物の恋人でなくっちゃ。

あたし、寂しくて眠れないからって、カプラン先生にお願いして眠剤を処方してもらった。あれ、丸ごとみんな、飲んじゃおうかな。

飲んだら、寂しくなくなるかもしれない。

ひょっとして、カレシに会えるかもしれない。よくわからないけど。

飲んじゃおうか、今晩。あたしもう、寂しくてつまんなくて気が変になりそうなんだから。

地球人のジョナ・カプラン医師から話を聞いて、マゼラン人のトーブ博士は甲殻に覆われた頭を抱えた。

「これだから、高等生物というやつは始末に負えません」

マゼラン人特有の歯擦《しさつ》音とアクセントは、やや聞き取りにくい。『機構』の異生物精神科医であるジョナ・カプランは、細くて形のいい眉を上げた。

「あら博士。あの子が、知性を持たない菌類か、思考しない植物だったらよかったとおっしゃってるようにも聞こえますけど？」

「そうは申し上げていません」

トーブ博士は、オレンジ色の触手を伸ばして、デスクから金属製のペーパーウェイトを吸着した。地球産のカエデの葉をかたどったものだ。博士の吸盤が、ペーパーウェイトの表面を所在なげに弄《もてあそ》ぶ。ちゅうちゅうというどこか場違いな音が響いた。

「ですが、同じ高等生物でも、せめて食べることしか考えていないガラヴァスオオウナギか、やりまくることしか頭にないスピカドンドコネズミだったら、と、まるで思わないでもありません」

カプラン医師は、声を上げた。

「博士ったら！　とても『汎銀河多様性確保機構』の主任生物学者のお言葉とは思えませんね」

トーブ博士は、ペーパーウェイトをデスクに投げ出すように置いた。

「敬愛するカプラン先生、サブカドルのイユ類やトマーリⅣの軟骨魚類が、いや、もっと先生にもわかりやすい例を挙げますと地球の昆虫類が、なぜ完全変態なるものをなすのか、ご承知でしょうか？」

カプラン医師は、顔をしかめた。

「さあ。考えたこともありませんけど」

トーブ博士は、視線を宙に据えた。

「全て繁殖のためですよ、尊敬すべきカプラン先生。地球産の愛らしい緑色の芋虫は、食べるためのマシンです。食べて食べて食べて、食べる以外のことは何もいたしません。機能が、ただ食べることに特化しているのです。しかるに芋虫の成体である蝶はどうでしょう。こちらは産むマシンです。配偶者を見つけて受精し、卵を産むことに特化した形態になっております。食べるマシンから産むマシンに一挙に変化するために、彼らは蛹《さなぎ》になるのです。完全変態とはそういうことですよ」

礼儀正しいマゼラン人の流儀で、博士は、『変態』という言葉を畏敬《いけい》の念を込めて発音した。カプラン医師は、取り澄ました顔で、トーブ博士を見返した。

「なるほど。で、それが何か？」

トーブ博士は、か細くて外骨格的なため息をついた。

「勇敢なるカプラン先生、もう結構です。お忘れになってください。わたくしをお咎《とが》めありませんよう。『機構』が保護するのが完全変態する昆虫や軟骨魚類ばかりになってしまったら、高名なる精神科医としての先生の出番はなくなるわけですしね。菌類や植物だけではなく、高等生物だって、多様性に貢献してくれるという点では、保護に値するのですから。わかっております。わたくしめにも理解はできるのです。で、さきほど先生がおっしゃったことには、あの子が自殺を図ったですと？」

カプラン医師は頷いた。

「睡眠薬をひと瓶飲んでね。幸い、ダーラリアンは地球人よりもタフな生物種です。消化器官に、毒物に対する防衛メカニズムが組み込まれています。代謝遅延機構が自動的に働いて、薬物の摂取を遅らせた結果、あの子は死を免《まぬか》れました」

トーブ博士は、安堵の吐息をついた。

「それは幸いでした。全くもって、無責任にもほどがあります。こともあろうに自殺を図るなんて。あの子は、もっと汎銀河遺伝子プールに対する責任を自覚するべきです。あの子には、ダーラリアンという貴重な種の遺伝子を、後世に引き継いでいく義務があると言うのに」

カプラン医師は、首を横に振る。

「それは少なからず酷な言い方ですわ、博士。普通の人間の女の子は、種の保存なんて大義に優先度を与えませんもの」

トーブ博士にとっては、極めて意外な価値観だったようだ。『機構』で二世紀以上も働いている博士は、全ての個体が、種の保存のために全力を尽くすという考え方に慣れている。博士は、発声機構を軋《きし》らせて質問した。

「じゃあ、賢明なるカプラン先生、普通の人間の女の子は、一体何に優先度を与えるのだとおっしゃるのです？」

カプラン医師は、夢見るような笑みを浮かべて答える。

「恋です」

トーブ博士は頭頂の外耳《がいじ》をかちかちと鳴らした。

「恋ですと。それこそ、種の保存の原動力ではありませんか。われわれ動物は、出身惑星ないし出身空間を問わず、恋するようにプログラムされています。それというのも、遺伝子の多様な組み合わせを生み出す有性生殖は、生存戦略的に極めて有効だからです。恋愛感情は、種族保存のためにわたくしどもに普遍的に組み込まれております」

礼儀正しく謹厳なトーブ博士にも恋愛感情はあるのだろうかと、カプラン医師はしばし疑った。あるなら、博士にもあの子の気持ちがわかるはずだ。

「恋は——あるいは、その対象の欠如ないしマッチングの不具合は、われわれを絶望の淵に追いやります。お国の古代史や演劇をひもとくまでもなく、悲恋に起因する自殺は枚挙に暇《いとま》がないんじゃありませんか？」

トーブ博士の発声機構から、また外骨格的なため息が漏れる。

「だから、高等生物は始末に負えないと申し上げておるのですよ。わたくしに言わせれば、遺憾ながらそいつはプログラムのバグに他なりません。恋愛感情は、種の保存を目的として用意された感情でありますのに、その感情の結果自殺する個体がいるなど、全くもって論理矛盾も甚《はなは》だしい」

カプラン医師は、声を立てて笑った。

「それが人間というものですわ。キチン質の腕が四本ついていたって、ダーラリアンのメンタリティは人間そのものです」

トーブ博士は、キチン質についての言及にいささか感情を害したのか、顔の甲殻をしかめた。いや、単にカプラン医師にそう見えただけかもしれない。

「そうなのでしょうな。ぶよぶよの内骨格の腕を二本しかお持ちでなくても、地球人が人間そのものであるのと同じように。しかし、ダーラリアンは人類に比べれば、実にタフな種族でありますぞ。繁殖の時が来たら、絶対にそれを逃さないという戦略で進化してきたのです。ですから、高等生物であるにもかかわらず、単為生殖も行えます。母体だけでも疑似受精によって繁殖できるのです。ええと、地球の例を挙げれば、ある種の魚類や、寄生虫の吸虫のように」

「高等植物にも単為生殖の例はありますね」

「健全なるカプラン先生、それは栄養生殖と呼ばれるものです。葉や茎、根などの栄養器官から次世代を生み出します。ちなみに、地球のジャガイモなんかもそうであると仄《そく》聞《ぶん》しております」

カプラン医師は頷いた。

「そしてさらに、ダーラリアンは――」

「そうです」

トーブ博士は甲殻顔を横に振った。それは、地球人の頷く動作に相当する。

「ダーラリアンという驚異的な種族は、環境適合に有利な有性生殖という戦略も捨てませんでした。もともと、狭義の単為生殖とはそういうものなのですがね。環境が整わない場合に、有性生殖用の身体メカニズムを単為生殖に転用して時間を稼ぐのです。そして環境が好転する時期を待つわけですね。いやともかく、当面の話題は、単為生殖ではありませんで有性生殖のほうでした。恋愛感情がテーマなのですから」

「有性生殖という観点からしても、ダーラリアンは徹底していますね。例えばあの子は妊娠した状態で生まれて来た」

「洞察力に富んだ先生、その通りです。ダーラリアンの女性は、出生時には既に妊娠しております。『機構』があの子の救出オペレーションに成功した時、わたしたちはダーラリアンの歴史資料をいくつか手に入れて持ち帰り、出生時妊娠が普遍的な状態であることを知りました。複数世代の個体が、出産可能な状態で併存するための驚くべき仕組みです。ダーラリアンも人間と同様、高度に進化した大型の脊椎《せきつい》動物ですから、同時に出産できる個体数には制約があるのですね。ですから、異なる世代——母と子と孫が最短の期間で出産できる能力を獲得することで、弱点を埋め合わせたわけです。まさに多様性の勝利。卓越した生存戦略と申し上げてよいでしょう」

カプラン医師は、腕を組んだ。

「そして、それがまさにあの子が抱えている問題でもあるんですよ」

トーブ博士は、またペーパーウェイトを吸着した。

「問題とおっしゃいますと？」

カプラン医師は、静かな声で言った。

「彼女は、『カレシ』がいないことをひどく嘆いています。正確に言えば、かつてはいた『カレシ』を失ったことを」

ペーパーウェイトがデスクに落ちた。トーブ博士の複合単眼が、カプラン医師のブルーの瞳を見つめた。

「高貴なるカプラン先生、一つ確認させて下さい。一体あの子にとって『カレシ』というのは誰でしょう？」

カプラン医師はよどみなく答えた。

「あの子の母親であり、父親です。父親が、母親を受胎させた。そして、母親の体のメカニズムが、父親の生殖細胞を保管しておいて、胎児——つまりあの子を受胎させた。つまり、あの子は、言ってみれば出生前に父母と『愛し合った』わけです。つまり、彼女の『カレシ』というのは、お父さんとお母さんに当たります」

トーブ博士は、複合単眼を痙攣させた。

「何とまあ。つまるところ、観念的に言えば、あの子は、顔も見たことのない父母と同時に、顔も見たことのない恋人を失ったわけですか。何と申しますか、その——既に肉体関係のある恋人を、ですね。それでは、自殺したくなるのも無理はありません。言うところの三重の喪失。もし人間なら、ストレスは極大化いたします」

「あらゆる観点から見て、あの子は人間です。知能指数は、地球人を凌駕するほど高い。過酷な環境が、それを促したんです。知能指数が高ければ、個体関係のストレス値は上がる。あの子にとって致命的ですよ」

トーブ博士は、甲殻顔を横に振った。

「確かに。では、慈悲深きカプラン先生、またあの子は自殺を試みるだろうとおっしゃるのですね？」

カプラン医師は、地球人の流儀で首を横に振った。

「あの子に自殺なんかさせるわけには行きません」

トーブ博士は、マゼラン人にとって最大級の興奮を示した。

「その通りですとも。ダーラリアンの貴重な遺伝子は残さなければ。仮に失われでもしたなら、銀河全体にとって大変な損失です」

「そういう意味じゃありません。わたしはあの子が好きなんです。遺伝子プールじゃなくて、あの子という個体を失いたくないんです」

「おお、そうですか、それでしたら、いっそ力強きカプラン先生があの子の――」

さすがのトーブ博士にも、その先の言葉を消化管に吸引するだけの分別は残っていた。現代の地球人の多くはバイセクシャルだが、個人的な恋愛感情について、他人が云々するのは、たぶん地球人に対しても不作法の極みだ。

それに、『汎銀河多様性確保機構』の職員といえども、必ずしも異生物間の恋愛に寛容なわけではない。

「今のご発言は、聞かなかったことにしておきます」

カプラン医師は、微笑で言葉を和らげてから、立ち上がった。もっとも、それがトーブ博士に通じたかどうかは定かではない。トーブ博士の複合単眼が、医師の動きを追った。

「優美この上ないカプラン先生、もしかして、何か奇策がおありなのですか？」

マゼラン人の奇妙な美意識からして、「優美この上ない」というのが賛辞なのかどうかは測りかねたものの、カプラン医師は答えた。

「あります。奇策ではなくて、ごくシンプルな策でしたらね。あの子の、『カレシいない歴』を終わらせるんです。そうじゃないかな。えーと、ややこしいけど、とにかくあの子の『コイビトいない歴』を」

トーブ博士は、複合単眼を痙攣させた。

「何をおっしゃっているのかわかりかねます。機知溢《あふ》れるカプラン先生、一体どうやってそれを終わらせる算段なのでしょうか？」

カプラン医師は、自信ありげに微笑んだ。

「ご心配なく。もともと、どんな生物にも生存本能は組み込まれてるんですから。それに、博士がご自身でおっしゃったでしょう？　ダーラリアンは、実にもってタフな種族だって」

おれ、カノジョいない歴半年。

てか、そう思ってた。

え、おれ、なんか話し方変わってる？　カレシとカノジョも反対だって？　これでいいんだよ。なぜって今、おれ男らしい気分だから。よくある勘違いマッチョ保護本能バリバリ全開中なんだから。

とにかく、おれ、カノジョいない歴半年。

でも、カノジョができた。ほんとは最初からいたんだ、カノジョ。えーと、念のため言っとくけど、もとカノじゃないよ。れっきとしたいまカノね。

全身がぶよぶよしてるけど親切な地球人のカプラン先生が、教えてくれたんだ。おれの恋人候補はそこにいるって。ただ、まだ知り合っていないだけだって。

おれは考えてみた。よく考えてみると、先生の言う通りだった。そうだと気づいた時には、おれたちにはつきあいはなかった。だから、つい最近、カノジョができたっていう言い方も嘘じゃない。

おれがカノジョとコミュニケーションを取った、つまり肉体的にも精神的にも愛し合ったのは、ごく最近のことだから。

あの日、薬を飲んでも死ねなくて、汎用病室で落ち込んでいたおれに、カプラン先生は言った。お腹の中のカノジョを愛すればいいんだって。そしたらおれにも恋人ができるはずだって。ただ、愛し合えばいいんだって。

カプラン先生って、地球人にしては頭がいい。本当にその通りだった！

おれ、自分のお腹の中のカノジョを愛したんだ。やり方は、自然にわかった。小さくてまだ弱い命を、慈《いつく》しむ気持ちになればいいんだ。

その晩、おれはやってみた。慈しむ気持ちを抱くようにして、深い眠りについた。

そしたら、その翌朝から、たまらなくカノジョへの愛しさが募って来たんだ。それと一緒に、男らしい気持ちも湧いて来た。いつまでもカノジョを愛して、養い守って行かなきゃって気持ち。まあ、よくある男の勘違いかもしれないけどさ。気分が勘違いモードだったとしても、おれには、とりあえずうまくいったんだとわかった。自分のカノジョいない歴が終わったとわかったんだ。

何て素敵なんだろう。

カノジョもカレシもいない苦しい時期は終わった。今のおれには、ちゃんとカノジョがいる。それに、おれの子供も、それになんと、孫まで。

もう知ってるよね？　生まれ落ちた時から、おれはお腹の中に子供を持っていた。そして、おれの体内には、父親から引き継いだ生殖細胞も備わってたんだ。生殖細胞、つまり、父親としての愛が。

その愛を、おれはお腹の中の娘に与えてやった！

そうさ。

おれは、娘を愛したんだ。心から慈しむ気持ちを込めてね。

だからもう、娘はおれのカノジョになった。おれの愛を受け入れてくれたのさ。娘は身ごもったんだ。生殖って、本当に素晴らしいコミュニケーションだ。

今や、おれは娘のカレシだ。そして彼女の父親で、母親でもある。もっと言えば、カノジョの子供、つまりおれの孫の父親でもあるのさ。地球人には、ちょっとわかりにくいかな。

ああ、何て幸せなんだろう。あんなに悩んでたのが嘘みたいだ。今のおれには、素晴らしい家族がいる。

あと何ヵ月かで、おれは出産する。そしてカノジョは、おれが出産した瞬間に、もう母親として身ごもっていることになる。おれの子を。おれの孫を。そんなふうにして、おれたちの命はずっと繋がって行く。続いて行くんだ。

おれにはもう、薬なんか必要ない。だって、もう絶対に自分の命を捨てたりしないんだから。

いつまでもずっと、愛しいカノジョを守って行く。

それに、おれたちが生み出す新しい命を。おれが生きている限りずっと。

免許停止

暴走行為だけが生き甲斐だった男の末路とは？


くそ面白くもねえ、とヒデトは呟く。

右足でぐいっとアクセルを踏み込むと、タコメーターのデジタル文字が赤く染まり、スピードメーターのシンボル図形が右へ右へと回り込む。百キロ、百十キロ、百二十キロ――。

快い加速感が、ヒデトの背中を捉える。ドライバーズシートが繭《まゆ》のように彼の身体を包み込み、サイドガードはがっちりと彼の背骨を固定している。

高速道路の街灯が飛び、白いセンターラインが次々と車輪に吸い込まれていく。高性能の電気モーターが、官能的な唸りを上げる。それでも、ヒデトの気分はよくならず、彼はむしろ、苛立《いらだ》ちを覚えている。

くそっ。

キックダウン。また、加速。

ヒデトのマシンは緩いカーブを回り込みながら、さらに加速する。頭がヘッドレストの上で跳ね、脇腹がサイドガードに押しつけられる。

後輪が、一瞬、ブラスト舗装の上で滑り、それからまたグリップを取り戻す。再び直線に入ったマシンは、滑らかに加速を続ける。

百十キロ、百二十、百三十、百四十。

風景が、ぼやけた染みのようになって、サイドウィンドウを流れ過ぎる。前方に見えていた赤い乗用車が、一瞬のうちに、後方に置き去りにされる。風が、無線の空電雑音のように、ノーズのあたりで泣く。

それでも、ヒデトの気分はよくならない。彼は、ステアリング・ホイールを握りしめ、きっとウィンドシールドを睨む。

くそっ。

と、ヒデトは思う。

くそっ、あの野郎め。あの、真面目くさった、馬鹿たれどもめが。

検事は、ヒデトの浅黒い顔に、人差し指をつきつけた。

「被告は、再三の注意、勧告にもかかわらず、いっこうに行動を改めようとはしませんでした。被告の暴走行為は、交通行政の秩序を破壊するものであり、一般市民を危険に晒す、反社会的極まりないものと——」

馬鹿め、と、ヒデトは堅い椅子の上で思った。

何にもわかっちゃいねえ、大学出のおぼっちゃんめが。その面を見てるだけで、反吐《へど》が出そうだ。

大学出のおぼっちゃんは、ヒデトの吐き気には頓着《とんちゃく》せず、空疎な台詞を吐き散らし続けた。

「誇張でも何でもなく、被告の走行は、一般市民の生命の危険を招来《しょうらい》しかねないものと断定できます。被告は——」

ヒデトはそっぽを向いた。とにかく、検事ののっぺりした顔から視線をそらせたかったのだが、交通裁判所の法廷内には見るべきものはあまりなかった。立派な模造木のパネル。正確な正方形の時計。一段高いところに座って、眠そうにこっちを見ている年配の判事。

ありふれた裁判なので、広い傍聴席に傍聴人は二人きりだった。編《あ》み物をしながら耳を傾けている白髪のばあさんと、忙しなくメモを取っている鈍そうな男子学生だ。

時計の横、判事の後ろには、天然木に刻んだ秤《はかり》の紋章が掲げてある。裁判所の象徴が秤だってんなら、と、ヒデトは思った。こっちは何だ？　軽いほうの分銅か？

「以上のように」

と、検事は話をしめくくった。

「事実関係は明らかで、容疑事実に、一点の疑いもありません。したがって、検察側は――被告の、終身免許停止を求刑いたします」

馬鹿め、と、ヒデトは思った。

救いようのない馬鹿たれだ。

食料工場の煙突の列。

赤と灰色の煙突が、一本ずつ、びゅんびゅんと視界を横切っていく。午後の陽光が、フロントノーズを照らし、翼を広げたクロームの天使――七番街のガレージで買ったボンネット飾り――を輝かせる。

ヒデトは、左手をステアリングから離し、ラジオのスイッチを入れた。選曲ボタンを押すたびに、音楽の断片が、スピーカーを通過していく。クラシック、オペラ、ジャズ、ロック、ユーロビート――。

サイバー・ラップの局が出たところで、ヒデトはラジオから手を離す。

大音量のドラムが、フラット・スピーカーを痛めつける。心臓の鼓動に似た単調なリズムだ。そのリズムに乗せて、ハードな男の声が世の石頭どもの不正を訴える。呪術的でエネルギッシュな響き。

ヒデトはオートクルーズを外して、また少し、アクセルを踏み込む。彼の浅黒い指が、革張りのステアリングをトントンと叩き始める。

灰色のブラスト舗装。白いセンターライン。直進路を示す大きな矢印。

全てが、腹をすかせたマシンの下に吸い込まれていく。ラップのリズムに乗って、スリックタイヤが路面をむさぼり続けている。振動はほとんどなく、ヒデトは物足りなさからステアリングを軽く揺さぶる。

マシンは蛇行したが、グリップは離れず、スピンも起きなかった。ハイテクのナビゲーション・コントロールのおかげだ。

ヒデトは舌打ちし、サイドウィンドウのスイッチに触れる。

微かな唸りとともに、窓がほんの少し下がる。

そこから、金切り声を上げて風が吹き込んできた。風は、ヒデトの髪を吹き散らし、車内のよどんだ空気を清新なものに入れ替えた。

ヒデトは、ステアリングを叩き続けながら、初めて頬に笑みを浮かべた。

スピードだ、と彼は思った。

スピードとスリル。他に、人生で考えるに値するものはない。

「考慮いただきたいのは」

と、弁護士は言った。

「スピードが、彼の生き甲斐であるということです」

ヒデトは、椅子の上で首を回した。そんなことはするなと、弁護士に何度も注意されていたにもかかわらず。

陪審員。

そうだ、陪審員たちがいる。被告席の右に階段状になった陪審席が並んでいて、そこには十二人の男女が顔を揃えている。

十二人の、善良な市民だ。ヒデトの仲間——ストリート・レーシング・チームに所属するような人間は、一人もいない。

教師然とした中年の女性。ビジネスマンらしい年配の男。スーパーで働いていそうな若い男。秘書面の若い娘。退役軍人風の老紳士。

善良な市民たち。暴走などしたことがなくて、規則を破るとしたら、町中の駐車違反ぐらい。そんな、退屈な連中。レーシング・チームはおろか、スポーツ選手、いや、スポーツマンらしい者さえ、そこにはいない。

反吐が出そうだ、とヒデトは思った。よっぽど陪審席に向かって中指を突き立ててやろうかと思ったが、さすがにそれはやめておいた。

「ご承知のように」

弁護士は、ちょっと顔をしかめた。それが、不当な摘発に対してなのか、被告人の不穏当な態度に対してなのか、ヒデトには判別しかねた。

「ご承知のように、かつて被告は、レースを生業《なりわい》としておりました。したがって、彼を一般の鋳型《いがた》に塡《は》めて考えることには、無理があります。彼は、速く走ることを賞賛され、誰よりも速く走ることで、生活費を稼いでいたのであります」

それは本当だ、と、ヒデトは思った。だけど、そんなふうに言われると、自分がまるで馬鹿みたいに思える。

「彼は」

弁護士は、陪審席に向かって、話を続けた。

「そんな生活を、十年以上続けてきました。十年、十年です」

粋《いき》なスリーピースに身を包んだ小太りの弁護士は、その数字が、年月の重みが、陪審員たちの頭に染みこむように、効果的な間を置いた。ヒデトにはその時、弁護士が検事席に腰掛けた検事に向かってふざけたウィンクをしたように見えたが、錯覚だったかもしれない。

「十年以上の間、そういう特殊な生活をした後で、彼は引退しました。そんな彼に、急に普通の暮らしに戻れというのは、いささか気の毒ではないでしょうか」

気の毒という言葉はやめてくれ。ヒデトは、心中でうめいた。なんだか、自分が哀《あわ》れなホームレスにでもなったような気がする。

「いいえ」

弁護士は、弁解するように、首を横に振った。

「皆さんは、今、こう思われたことでしょう。気の毒というにはあたらない。一般市民は、ルールを守らなければならない。それは、ごく普通のことだ。どうして彼には、その、ごく普通のことができないのだ、と」

陪審席で、いくつかの頭が頷いた。あーあ、と、ヒデトは思った。ここは退屈だ。息が詰まりそうだ。早く、外に出られないものか。

ヒデトは渇望していた。外の、明るい陽光を。

壁の外の、広い世界、広い道を吹き渡る風を。

が、もうしばらく辛抱する他はなさそうだった。ヒデトは、彼と目を合わさないように苦労している弁護士のほうに視線を戻した。金で買える、最高の弁護士。もともと、金で買えるものにろくなものはない。

弁護士は、熱心に陪審員に語りかけていた。

「普通のこと」

彼は、言葉を噛みしめるように言った。

「確かに、普通のことかもしれません。ルールは守らなければならない。被告もそのことを学ぶ必要があります。他の人と同じように、規則を守って生活しなければならない。それは義務です。でもみなさん、学ぶには時間がかかります。尊敬すべき検事の言うように極刑を科したとしたら、被告には学ぶことができるでしょうか。いいえ！　彼は一生、ルールを学ぶことができなくなるでしょう。それがはたしてフェアなことでしょうか？」

フェアかどうかはともかく、と、ヒデトは内心で思っていた。今さら、七面倒臭いルールなんてものを覚える気はないね。

「確かに、尊敬すべき検事の言うように、被告は暴走しました。彼の走行は、ルールにかなったものではなかった。しかし、彼がそのことで誰かを傷つけたでしょうか？　誰かの財産を破壊したでしょうか？　いいえ。一人も。そして、一つも、です。誰が何と言おうと、皆さん、この国は自由の国です。被告には、自分の行動を自分で決める権利があります。やり方は、間違っていたかもしれない。しかし、彼はその時、正常な判断ができない状態にあった。無理に飲まされた酒に酔っていたからです。彼には、法律を破っているという意識はなかった。自分が暴走しているつもりなどなかったのです。彼は、自分が法定速度を守っていると信じていた。

しかも、彼は、混乱した意識の中で、最低限のルールは守ったのです。法規を破りながらも、誰も傷つけなかった。誰かを傷つける危険が生じた時、彼はどうしたか。自ら道路をはずれ、街灯の支柱に激突したのです。自分の身を犠牲にすることで、他人の安全を守った。これは、極悪で矯正《きょうせい》不能な犯罪者のすることでしょうか。よく考えてください、皆さん。彼に過失がなかったとは言いません。彼は不注意でした。酒を飲んで公道に出たという点では、無責任でもあった。ただ、何人《なんぴと》も、判断力を失った人間の行為を、故意と認定することはできません。よしんば彼に一片の判断力が残っていたとしても――皆さん、彼に、もう一度、交通ルールを守るチャンスを与えてほしいのです」

チャンスだと？　と、ヒデトは思った。そんなものは欲しくない。おれが欲しいのは、胸が沸き立つスピード感だ。頬に当たる風だ。ブラスト舗装の熱い匂い、ゴムが舗装を打つ音だ。轟々《ごうごう》という鼓動だ。

早くここから出してくれ、と、ヒデトは心から思った。

モーターが甲高《かんだか》い唸りを上げ、コクピットの中をオゾンの匂いで満たす。ギアが悲鳴のような拍動を伝える。機械の鼓動。

相変わらず、顔に風が吹きつけてくる。熱い夏の風。ゴムとオイルの匂いがする風。

それでも、ヒデトの心は相変わらず沈んでいる。自分の心臓が送り出す血の流れを感じることはできない。

彼は、やけを起こしたようにアクセルを踏み込む。それから、左手で素早くシフト・ダウンして、減速しながら左カーブに突入する。タイヤが悲鳴を上げ、滑る。すぐにカウンターステアが利き始め、車体はカーブの内側を向きながら安定する。タイヤがしっかりと路面をグリップする。パワーオン。加速しながら、ヒデトのマシンはカーブを抜け出す。あとは、空へ続くような直線だ。一瞬、車体が浮き上がり、上昇していくような錯覚に囚われる。

違う、とヒデトは思う。

違う。こんなのは違う。おれが求めているものじゃない。

モーターが唸り、スピードメーターの針は、ためらいながら、百八十キロのラインを超える。

免許だと、くそっ。

ヒデトは、両手をステアリングにたたきつける。免許なんぞ、くそくらえだ。そんなもの、いるもんか。

ちらりと、リアビュー・ミラーに目をやる。警察車の姿は見えない。当たり前だ、とヒデトは思う。おれはただ、運転しているだけなんだから。窓を開けて車を運転するのは、別に違法じゃあない。免許なんか、あろうがなかろうが。

が、ヒデトにはわかっている。

こんなところでただ車を飛ばしていても、本当の満足など得られるはずがないということが。

彼は前方を睨みつける。前には、長く、長く、道が延びている。

ヒデトは、暗い憧れを込めて、その道を睨みつける。

黒い法服を着た判事は、手元の書類に目を落とした。それから、上目遣いに陪審席を見た。

「陪審員の皆さん」

と、彼は言った。

「これは、起訴陪審ではなく、量刑裁判です。皆さんの役目は、被告にふさわしい刑を宣告することです。皆さんは、法律と自らの良心のみに従って、判断することを求められています。偏見や、当法廷以外の場所で得た知識に基づいた判断は、法の定めにより禁じられています」

退屈だ、とヒデトは思った。退屈で退屈で、このまま死んでしまいそうだ。どうして他の連中は、こんな茶番劇に我慢ができるんだろう。

ヒデトは落ちつきなく、これから自分の運命を決める人々を見渡した。どの顔も同じように見える。どの顔も、こっちに一片の関心も持っていないようだ。誰が陪審長なのか、ヒデトには見分けることができなかった。

裁判長が、ちょっと咳払いをした後、また口を開いた。

「わたしから、少々法律的な問題について、説明しておきます。道路交通法は明確な法規ですが、暴走行為の定義と量刑については、解釈の幅が残されています。これまでに提出された証拠と証言から、皆さんが検事の主張を是とされれば、被告人は第一級暴走罪に相当し、無期もしくは十五年以上、免許停止とすべきです。一方、弁護士の主張を是とされ、被告の行為が、判断力の低下と若干の不注意によるものだと判断されれば、被告は第二級暴走罪として、五年以下の免許停止、もしくは五百万以下の罰金刑に処せられるのが妥当です。どちらの刑罰にも幅がありますが、情状酌量《しゃくりょう》の度合いと、故意程度及び過失の度合いによって、皆さんが判断してください。質問はありませんか」

ヒデトは椅子の上で身じろぎをした。冴えない顔つきの中年の男が、他の陪審員たちを見渡してから、判事に答えた。

「質問はありません」

「よろしい。それでは、別室での審議に移ってください。神が皆さんとともにあらんことを」

判事は、青いプラスティックの槌《つち》で、面倒臭そうにトレイを叩いた。

「それでは、陪審団の審議終了まで、一旦休廷とする」

ヒデトは、左右に立った廷吏《ていり》に、被告席から引きずり上げられた。検事も弁護士も、判事も、彼の目を見ようとはしなかった。

ちくしょう。

ヒデトは、風に向かって叫んだ。

ちくしょうちくしょうちくしょう。

どいつもこいつも、糞くらえってんだ。

前方に、なだらかな右カーブが見えた。ヒデトは、ステアリングを両手でがっちり固定したまま、アクセルを踏み込んだ。

くそっ、と彼は思った。

こうなったら、くたばったほうがましだ。何もかも、ぶち壊してやる。

アクセルの求めに応えて、高性能モーターがバンシーのような唸りを上げる。タイヤが路面を蹴り、蹴り、蹴り続ける。

スピードメーターのシンボルが、たちまち百五十キロのラインを越える。百六十、百七十、百八十。

カーブが、コンクリートとプラスティックのガードウォールが、ぐんぐん迫ってくる。

すぐに、その壁以外のものは何も、ヒデトの目には映らなくなる。ゴー、ゴー、ゴー、

と、彼は口の中で呟く。行け、行け、行け、行け――。

スピードメーターが、ついに二百に近づく。

ガードウォールは、もう、すぐ近くだ。

ヒデトの頬が、期待と恐怖に歪む。その一瞬、彼は勝ったと思う。

が、それは間違いだ。

ダッシュボードに赤いランプがつき、金属的な声が、ヒデトに誰が主人かを思い知らせる。

「危険ゾーンです。操舵制御を、コンピューターがインタラプトします」

その通りだ。

全てのマシンに組み込まれているコンピューターが、操縦権をヒデトから奪い取る。

ステアリングを押さえていても、アクセルを踏み込んでいても、何の役にも立たない。

コンピューターは、やすやすとマシンの速度を落とし、車輪の方向を変える。後輪が少し滑ると、フロントノーズは正確な角度で右に向きを変える。

「だめだ」

と、ヒデトは叫ぶ。

「だめだ。こんちくしょう。馬鹿野郎」

だが、もう遅い。マシンはもう無事にカーブを曲がりきり、直線に入っている。ヒデトが何もしなくても、車はまっすぐに、矢のように走り続ける。

ヒデトは、ステアリングを叩きつける。コンピューターは、手動操舵に戻したいかと聞きもしない。ヒデトが何も言わないので、ドライバーは心臓発作でも起こしたのだと、勝手に判断している。

この機能があるから、高速道路では絶対に事故が起こらないのだ。危険を察知すると、法律で搭載を義務づけられたコンピューターが、人間の手から運転システムを奪い取る。究極の安全管理。この仕掛けが、モータースポーツを極端につまらないものにした。今ではもう、どこでもカーレースなど行われていない。機械に安全性を管理されていては、カーレースは真のレースとは言えないのだ。本当のレースの名に値するのは――。

「くそっ」

と、ヒデトは喚き、軽くブレーキを踏んだ。今度はマシンは反応した。コンピューターが安全性の観点から、許される運転動作だと判断したのだ。

マシンはスピードを落とし、路肩に寄りながら、停止する。

「くそっ」

もう一度呟いてから、ヒデトはドアハンドルに手をかける。

「陪審団は、評決に達しましたか」

と、判事が聞いた。

冴えない顔つきの陪審長が答えた。

「評決に達しました、裁判長」

「追加審議を必要とする点や、疑問の点はありませんか？」

「ありません」

「では、ここで、結論を述べてください」

ヒデトは、陪審長の顔をじっと見つめた。まるで、視線には評決を変える力があるとでもいうように。

「被告人は――」

陪審長は、絶対に間違いがないように、手元のメモを覗き込んだ。

「第一級暴走罪で有罪」

「この野郎」

ヒデトは被告席から跳ね上がった。

「いい加減にしろ、人を何だと思ってやがるんだ、このどちくしょうめ」

「静かに」

判事が槌を叩いて、ヒデトに冷たい目を向けた。

「被告人は、黙って評決を聞きなさい。法定侮辱罪に問いますよ」

陪審長は落ちつかない仕草で、上唇を嘗めた。

「再三の正式の勧告を無視するなど、確信犯的でもあり、量刑は――免許の無期停止とする」

「くそーっ」

ヒデトは、我慢できずに、叫びだした。

「この人殺し。人殺しいーっ」

「これで閉廷とする」

判事は槌を二度、叩き鳴らした。

「廷吏、被告人を退廷させなさい」

ドアハンドルは、動かなかった。

コンピューターの声が、陽気にヒデトに告げる。

「ドアは開きません。運転席に戻って、行き先を指示してください」

「黙れ、機械下司《げす》」

ヒデトは、力任せにハンドルを引いた。もちろん、そんなことでドアが開くはずはない。しばらくハンドルをガタガタ鳴らした後、今度はサイドウィンドウのスイッチを押してみる。窓はぴくりとも動かない。走行速度が六十キロ以下に落ちると、自動的にロックされるのだ。ヒデトは、窓の外を見た。下のほうの一般道で、のんびりジョギングをしている、派手なジャンプスーツの年寄りが見えた。ちょこちょこと小股の、あぶなっかしい足どり。なんてじじいだ。今にも人にぶつかりそうじゃないか。道には人が溢れていた。ベビーカーを押す母親、ブリーフケースを下げたビジネスマン。買い物帰りらしい主婦たち。歩行者用道路だ、とヒデトは思った。いつも過密状態の歩行者用道路。コンピューター制御の自動車専用道路と違って、歩行者用道路は高い安全基準を求められる。だから、数が少ない。だから、いつも過密だ。このドーム都市には、余ったスペースなんかない。国営競技場の、陸上競技用のトラックを除いて。

歩行者用道路――。

くそっ、何かないか。

ヒデトは必死になって、狭い車内を見渡した。そうだ、ダッシュボード。そこには非常時の脱出キットが納まっているはずだった。

確かに、キットはそこにあった。ヒデトは、ドアを叩き割るためのハンマーと、シートベルトを切断するためのハサミに手をかけた。

途端にまた、コンピューターが喚き始めた。

「それは、緊急用器具です。警察に、照会信号と救援信号を発信します。よろしいですか？」

「ああ、いいぞ」

と、ヒデトは叫んだ。

「好きなようにすればいい」

まず、手前にあるハサミに手をかけて、引っ張る。ハサミは、簡単に取り出すことができた。が、これは欲しかったものではない。本当に必要なのは、その奥のハンマーだ。

ヒデトはダッシュボードの中で、鈍く光るハンマーに触れた。

いまいましいコンピューターは、忘れていなかった。

「手を離してください。警察への照会が終わりました。あなたは、その器具の使用を許されてはいません。あなたは、免許停止中です」

「馬鹿」

ヒデトは力任せにハンマーを引っ張った。ハンマーはがっちりロックされていて、取り出せなかった。ヒデトの爪が剥がれ、血が流れ出した。

「ええい、離せ、この野郎」

「あなたは、その器具の使用を許されていません。この車は、非常事態にはありません。席に戻って、目的地を告げてください」

「どこへも行きたくないんだよ、わからないのか」

ヒデトは、窓の外の道を眺めた。もう、例のジョギングじいさんは見えない。見えないほうがいい。あんな素人が、あんな無様な走りかたをして。暴走行為だって？　市民に危険を及ぼしたって？　馬鹿な。おれは、危険なことなんかしていない。

おれはただ、道を走っていただけだ。

おれの目は、まだはっきりしてる。よろよろ歩いてる年寄りだの、安全装置つきのベビーカーだのに、ぶつかったりはしない。

あの時だって、ちゃんとよけたじゃないか。おかげで街灯の支柱にぶつかって、歯を二本、折ったんだ。おれの歯だ！　誰かに、危険性なんて心配してもらいたくない。

免許停止。

あの、憎たらしい陪審長の言葉が蘇る。

量刑は、免許の無期停止とする。

歩行・走行免許の無期停止。つまり、今後一生、公道を歩いたり、走ったりできないということだ。どこへ行くにも、電気自動車のご厄介にならなくちゃいけない。肩越しにコンピューターが監視していて、ちょっと危なくなると、おせっかいな手を伸ばしてくる、完全安全保証のマシンにだ。絶対に衝突したり、規定の車線を離れたりしない、お仕着せのマシン。外出している間じゅう、おれは、その繭から出られないのだ。

そりゃ、スピードは出る。だけど、管理されたスピードに何の意味がある？

おれが欲しいのは、そんなものじゃない、と、ヒデトは思った。

全身に当たる風。

肺の中の炎。

ピストンのような、力強い両足の躍動。

血管の中を流れるアドレナリンのパワー。

ヒデトは拳で強化ガラスのサイドウィンドウを、がんがん叩いた。出せ、ここを出せ、ちくしょう、おれは、レースに出てた。国営トラックでのレース。善良で模範的な市民とやらが、おれと同じような男たちに金を賭けるレースだ。

おれは、世界一速い男だったこともあるんだ。

出してくれ。おれに歩かせてくれ、走らせてくれ——。

危険などあるものか。おれは、百メートルを九秒で走り抜けられる。フルマラソンなら二時間ちょっとで駆け抜けてやる。過密歩道の上で、誰にもぶつからず、誰にも怪我をさせたりせずに、それぐらいのことはやってのけられる。だのに、なぜ——。

なぜ、そんなつまらない危険まで、都市から排除しようとするんだ？ ただ、道を歩くためだけの免許を、発行しなくちゃならないんだ？ 確かに、年間何人かが、歩行中の事故で命を落とす。それをゼロにして、どれほどの意味がある？

「席に戻ってください」

と、車載コンピューターが言った。

「席について、あなたの目的地を告げてください」

目的地は、荒野だ、とヒデトは思った。法律も、警察も、前後左右で押し合いへし合いしている他の人間も気にすることなく、自由自在に駆けめぐることのできる、荒野だ。

だがもちろん、彼は承知していた。

このドーム都市に、荒野など存在しないことを。彼が閉め出された国営トラックを除いて、全力疾走できるようなスペースは、一つだってないことを。

ヒデトは両手に顔を埋め、車という名の牢獄の中で泣きだした。

スリープ・モード

行き過ぎた省エネは、機械だけでなくやがて人間にも影響を……。

エネルギー・スター計画の功績だ、と、僕は思った。

何世紀も前に米国で立案された、電子機器の省資源化に関する計画。そこから、全てが始まった。

たとえば、使用していない機械の消費エネルギーを低下させる技術。コンピューターでも、通信機器でも、一定時間入力操作がないと、一種の休眠状態に入る。ディスプレイが暗くなり、余熱が切れ、モーターは作動を停止する。そして、再び何かの操作が行なわれると――たとえば、キーに触れたり、電文が入って来たりすると――機械類は一瞬にして息を吹き返す。ずっと全てのシステムを生かし続けるのと比べれば、はるかに安上がりだ。

機械にできることならと、どこかの天才が考え始めるのは、必然のなりゆきだった。

機械にできることなら、人間に適用してなぜいけない？　いけない理由などなかった。そして、技術的な問題はすぐに解決した。薬品と、一種の催眠暗示の併用によって。

だから、僕とキムの『今朝』は、こんなふうに始まった。

ピロポロポロという柔らかな電子音が、耳もとのソフト・イヤホンから囁く。タイマー起動の動作開始音声だ。その音で、僕たちのスリープ・モードは解除された。

「ふわーあ」

と、キムが大きく伸びをした。業務日誌をつけ終わったところで凍結されていたので、まだ操作卓の前にいる。背中のマジック・テープで、椅子の背に固定されていたのだ。

無重力のいいところはここだな、と僕は思った。重力加速度のある環境では、座ったまま、何週間も眠るというわけにはいかない。そんなことをしたら、身体じゅうの筋肉がこわばってしまうだろう。

何週間も？　もちろん、そうだ。超光速航法などというものが実用化されていない以上、惑星間飛行には何カ月もの時間がかかる。その間じゅう、人間が通常の時間サイクルで活動するわけにはいかない。一日のうち十六時間も起きて過ごせば、人間というものは、実に多大な資源を浪費するのだ。

　水、空気、光、熱、食料。どんなに警戒を厳重にしても、必ず船内に持ち込まれるビデオ・ゲーム機や電子ブック・リーダーの消費電力も、完全に閉ざされた環境の中では、決して馬鹿にならない。人間は、起きていれば退屈し、退屈すれば娯楽を求める。密かに持ち込まれたニンテンドーのゲームマシンや、アンドロダッチ・ワイフのせいで、遭難一歩手前まで行った惑星間輸送船の噂にはこと欠かない。

　しかしそれも、スリープ・ドラッグが開発されるまでの話だった。スリープ・ドラッグ――正確には、低刺激入眠傾斜剤――と、出発前に入念に施される催眠暗示のおかげで、僕たちは事実上、退屈から解放された。当面必要な作業を済ませて退屈し始めた途端、僕たちはスリープ・モードに入る。つまり、自分の意思にかかわりなく、深い眠りについてしまうのだ。ゲームをやろうにも、あるいは、アンドロダッチ・ワイフを可愛がろうにも、そんな贅沢な時間は許されていない。勤務時間外に、互いに話し合うことすら禁じられている。無駄話を二十秒以上続けると、暗示を施された僕らの潜在意識が、こいつらは遊んでいると判断し、容赦なく僕らを寝かしつけてしまう。

「おはよう」

　と答えながら、僕は慌ててテレメーターのチェックキーを叩いた。僕らもその一部である輸送船のシステムに何らかの刺激を与えないと、また眠らせられることになってしまう。システムの中で動いていない部品（僕らも部品のうちだ）があれば、それはスリープ・モードに入ることになっている。

「だいぶ近づいたな」

マニュアル・コントローラーを操作して、慣性制御に生じたぶれを補正しながら、キムが言った。

「ああ」

と、僕は答えた。

「あと一カ月——体感時間で一日で、衛星軌道に乗れる」

ビジュアル・スクリーンに映る水星の映像は、パチンコ玉ほどの大きさになっていた。われわれの目的地はそこだ。水星軌道で生活物資を下ろし、代わりにニッケル鉱を満載して帰る。帰路のパイロットとナビは、僕らではない。スリープ・モードで体感時間が圧縮されると言っても、惑星間航行にはストレスが伴うし、薬物の継続使用は肝臓に負担をかけるので、航行と航行の間では、二週間以上の休暇を取ることが義務づけられている。水星にある歓楽施設は粗野《そや》なものだが、しばらくのんびりして読書やゲームに没頭できるというのは、悪くなかった。

水星鉱山には、巨大な太陽電池が設置してある。だから、ぎりぎりまで資源を切り詰めなければならない輸送船とは違って、電力をふんだんに利用できるのだ。

僕たちは、マルチスクリーンの水星の映像の横にチェックリストを呼び出して、定期点検業務を続けた。下らない業務だ。たとえば、医療品在庫を確認している時、馬鹿ばかしく思わないとすれば、そいつはとんだ間抜けだ。一体誰が、航宙船の中で在庫品を盗み出すと言うのだろう。表向きの理屈は、乗員の健康と安全確保のためということになっている。組合との協定により、乗員の安全と健康は、全ての業務に優先させねばならない。しかし、二つひと組の聴診器や水虫の薬なんかが、安全とどういうかかわりがあるというのだろう？　そんな在庫があったって、いざという時に役立つとは思えない。航路点検にしたって、機器動作確認にしたって、そうだ。ただの建前《たてまえ》、表面的な形式にすぎない。こんなこと、本当に人手をかけてやらなければならないのだろうかという、必然の疑問が湧く。コンピューターに任せたほうが、よっぽど確実だと思う。無人輸送船というアイディアは、何年にもわたって蒸し返されては、また葬り去られている。一番大きな要因は、僕らの組合の存在だ。惑星間輸送乗務員組合。組合は、組合員の失業を避けるため、使える手段を全て使って、戦い続けているのだった。

　おかげで僕らは、今日も、この単調で退屈な仕事を続けることができる。本来人間など乗せる必要のない輸送船に乗り込み、けちくさいスリープ・モード措置を受けて。

　軌道進入のアプローチには、どうしても微妙な人間の操作が必要なんだ、と言ってるパイロットもいるが、僕に言わせれば、そんなのは嘘っぽちだ。今の技術を使えば、アプローチなど完全に自動化できる。組合ががんばっていて、どんな自動化システムを導入しようと、結局人間を乗せなければならないとわかっているから、どこも開発しようとしていないだけの話だ。僕ら乗務員は、生きている化石のような存在だった。最近のパイロットの社会的地位というやつは、金星のスリよりも低い。

軌道調整と点検という馬鹿ばかしい作業をリストの手順通りにやると、数時間かかる。僕たちはもちろん手順通りにやったので、それだけの時間がかかった。途中、キムが三度、僕が二度、ついうっかり二十秒休んでしまって、スリープ・モードに入った。こういうミスを防ぐためには、常に忙しなく動いていなければならない。僕らは必死で忙しなく動き、しまいには、すっかり疲れ果ててしまった。

「寝小便を垂れるんじゃないぞ」

と、キムが直接的な言葉で注意した。

「それに、寝グソもだ」

そこで、僕たちは順番に吸引ユニットを使用して、体内の排泄物を始末した（これも業務のうち）。それからディナー・タイムとなり、僕らが完全栄養クソったれバーガーと呼んでいる代物を、強化ミルクで流し込んだ（これまた、健康維持のための業務）。

その次が、スリープ・ドラッグだった。

長身、金髪のキムが、ドラッグ・コンテナを開けて、緑色のカプセルが入った透明フィルムを二つ取り出す。僕らは厳粛《げんしゅく》な表情でフィルムを破り、中の錠剤を飲み込んだ。これで、大体一ヵ月——体感時間で丸一日——の間、効果が持続する。

「日誌をつけるのは、おまえさんだぞ」

と、キムが念を押した。

「わかってるよ」

と、僕は答えた。今回は、僕が制御シートに背中をへばりつけて、眠りにつく順番だということだ。平文日誌にピリオドを打った二十秒後には、僕は節電モードに落ちているだろう。

僕はドラッグの透明フィルムを手の中で丸めながら、制御卓についた。

日誌を書くのは嫌いではなかった。大抵の場合、『全て異常なし』と記述すれば済むことではあったが。

眠りに落ちる直前、僕は、何ということなしに、くしゃくしゃになった透明フィルムを眺めた。本当はすぐディスポーザーに放り込んでおかなければならなかったのだ。キムはもう、睡眠に入っている。僕も、間もなく——。

入眠トリガーの一つが起動して、僕の視野がぼやけ始めた。

次の瞬間、僕の脳の一部が警報を発した。

何かがおかしい。

しかし、何だ？　何がおかしいのだ？

僕は今、何を見ているか。スリープ・ドラッグの透明フィルムだ。緑色のカプセルが入っていたフィルム。おかしなことだが、この薬物については、点検チェックリストには記載されていない。

それじゃ、何も問題ないんだ。おやすみ。

いや、ちょっと待て。

僕は、必死で眠気と戦いながら、何が問題なのかと考えた。

透明フィルム。これは、いつもと変わらない。僕が見つめているのは——見つめているのは、赤い文字だ。アルファベットと数字を印刷した、赤い小さな文字。

ｇＢ２ｓ。

考えろ。

これは何を意味する？　これのどこが問題なんだ？

ゼロだ、と突然閃いた。

いつも見慣れたゼロの数字がない。いつものフィルムには、確か、ｇＢ２０ｓと印刷されていた。ところが今日のには、それがない。

ということは——。

大変だ。何とかしなければ。ドラッグが、吸収されてしまってからでは遅い。いますぐ、何か手を打たないと。

　だがもう、限界だった。僕の指にはもう力がなくて、入力動作をすることができなかった。僕はそのまま、深い眠りに落ちて行った。

『気掛かりな夢』の内容を思い出そうとして、僕は、貴重な時間を空費した。

　思い出した時には、もう、一声叫ぶ余裕しかなかった。

「二秒！」

　言い終わってから二秒間、キムから返答はなかった。僕の意識は消えた。

「何だと」

　というキムの問い返す声で、僕は再び目覚めた。

　今度は、多少の準備ができていた。僕は、制御卓のキーをでたらめに叩き始め、覚醒状態を維持した。傍らのキムを見ると、早くも口を開けて眠りこけている。

「起きろ」

　という僕の一言で、彼はスリープモードから脱した。

「何だ、一体どうした」

　言葉を途切れさせないように注意して、僕は喚き続けた。

「ドラッグだ。どこかの阿《あ》呆《ほう》が、間違えたスリープ・ドラッグを補給しやがった」

「何だって？」

「いつものやつは、20s、つまり、二十秒入力がないと、スリープに落ちるやつだ。今、おれたちの神経に作用してるのは、2sだ。二秒何も入力がないと、スリープに落ちてしまう」

二秒。ひどく短い時間だ。その間、『仕事』が中断すると、薬と共働する僕らの潜在意識は、アイドル状態と判断して無駄をカットする。つまり、僕らを眠り込ませてしまう。僕らが飲んだドラッグは、危険な、間違った代物だった。別の業務で使用すべきもの。二十秒の代わりに、二秒で眠り込んでいたら、仕事にならない。怒りが膨れ上った。あの、補給係の馬鹿め。

キムは、ぽかんと口をあけていた。

僕は、彼に考える時間を与えるという、致命的な間違いを犯した。

僕が必死で叩いていたキーボードが、ピイッという音を立てた。

『電文解釈不能。遊んでいるものと解釈します』

その間に、貴重な二秒の時間が過ぎている。

僕らは、同時に眠りに落ちた。

ピロポロペン。

いつまで経っても、チェックリストが呼び出されないために業を煮やしたコンピューターが、僕たちを叩き起こした。

「チェックリスト！」

と、僕は叫んだ。

「早く呼び出せ。何か操作するんだ。何でもいい。見ろ、聞け、動け」

今度はキムも、いささかの進備ができていた。

慣れた動作で自分のパネルにかじりつき、操作キーを叩く。

その間も、僕は休んでいるわけにはいかなかった。二秒、たった二秒の間、業務にかかわる動作を停止していると、眠り込んでしまう。

「チェックだぞ」

と大声で叫んでから、これでは駄目なことに気付く。一人言は、業務入力刺激として扱われない。頑固な潜在意識を納得させようと思ったら、機械の操作をするか、キムの業務上の連絡を、耳に入れるかしなければならないのだ。

僕は制御卓を見回し、これは業務であると潜在意識に言い聞かせながら、一つの、どうということはない切り替えスイッチを倒した。うまくいった。

しかし、毒にも薬にもならないスイッチの数には、限りがある。チェックリストは、まだスクリーンに現われない。ビジュアル・スクリーンの水星の映像が、バスケットボールくらいの大きさに膨れ上がっているのを見て、僕は焦った。こんな状態で進入操作をしたら、致命的な事故に繋がりかねない。

「キム、何か言ってくれ」

と僕は喚いたが、チェックリストを出すのに必死だったキムには、声を出す余裕がなかった。

僕は眠りに落ちた。

「チェックを」

というキムの声が、僕のスリープ・モードを解除した。言い終えてすぐ、キムの目蓋《まぶた》はふさがっていた。僕は、キーボードに手を伸ばして、最初の項目をチェックした。

「一番空気管制システム異常なし」

この言葉で、キムはただちに目覚めた。

「了解。二番、慣性制御チェック」

「偏差一秒。補正せよ」

「補正する。完了。三番——」

僕は、ちょっとだけ、ほっとした。チェックリストを読み上げ、復唱しあっている限り、コンピューターと僕らの潜在意識は、仕事が続いていると解釈してくれる。二秒と言葉を途切らせることさえなければ――。

「姿勢制御ブースター」

と、キムが言った。

「とんでもないことになった」

「姿勢制御ブースターがか？」

「馬鹿言え、スリープモードのことだ」

「全くだ。くそっ、あの補給課の野郎――」

僕らが気付くよりも早く、僕らの潜在意識は気付いた。何にって、僕らの会話が、次第にチェックリストから離れて行くことにだ。

僕らは、同時に眠り込んだ。

ポレペンポロ。

コンピューターの操作督促ブザーが、また僕らを起こした。心なしか水星の映像は、さっきよりずっと大きくなっているように見える。

「眠っちゃ駄目だ」

とキムが叫んだ。

「無駄口叩くんじゃない。早く、リストを読め」

と、僕は答えた。

「何を？　この野郎、おれに向かって、偉そうな口を」

「わかってないのか、このとんま。あのな――」

僕らは、また、スリープ・モードに落ちた。


ポレロロロ。

「こんなことしてても、らちがあかん。チェックリスト七番」

「何だって？」

「次は、チェックリストの七番だ。読み上げろ」

キムは、凄い目で僕を睨みつけたが、素直に指示に従ってくれた。

「熱交換システム」

「熱交換システム異常なし。リストは長いぞ」

「八番整流システム。何が長いって？」

「整流システム異常なし。リストが長いって言ってんだよ、この唐変木《とうへんぼく》」

「九番光センサー系。長いからどうした？」

「光センサー系異常なし。リストを読み上げながら、対策を練ろう」

「そりゃ、いい考えだ。とにかく、くそったれの軌道進入までに、何とかしないと―

―」

「馬鹿」

「何だ」

「リストを忘れてるぞ」

「おっと、いけない」

　僕たちは、たちまち眠り込んだ。


　パペラプルル。

「すまん。うっかりしてた」

　キムの言葉に、僕は冷たく応じた。

「リストを」

　長身で、あまり血の巡りがよいほうではないキムは、慌てて、再びチェックリストを読み上げ始めた。

「十番前方監視レーダー・オン。まず必要なのは――」

「監視レーダー・オン異常なし。必要なのは何だ」

「十一番アクセスウィング閉鎖。位置の確認だ」

「アクセスウィング閉鎖確認。位置は――」

「十二番電源母線接続。どうだい?」

「電源母線接続百パーセント。位置は――うわあ」

「十三番バイワイヤパケット。うわあって何だ」

「ワイヤパケットコリジョンなし。大変だぞ」

「十四番セカンド・プレッシャー・ポンプ。何が大変だって?」

僕は、ほとんど、チェックプログラムの実行結果など、見ていなかった。目を注いでいたのは、測距儀の数字だけだ。潜在意識とコンピューターをなだめるために、無責任にも、こう答える。

「セカンド・プレッシャー・ポンプ圧力よし。距離だ」

「十五番ファースト・プレッシャー・ポンプ。距離が何か」

「ファーストプレッシャー・ポンプ圧力正常。今、アプローチ二十だ。つまり――」

「十六番サイドレンジ。つまり?」

「サイドレンジ一〇八。つまり、二十分以内に何とかしないと、水星に捕まるってことだ」

その瞬間、キムの頭から、チェックリストのことなどけし飛んだ。

「何だって? 捕まるってことは――」

「落下するってことさ」

「つまり――墜落か？」

「大当り。がしゃん、どんがらがっ――」

僕たちは眠り込んだ。

ぴぴぴぴる。

キムが、どもりながら読み上げる。

「十、十七番積載バランス。操縦装置だ」

「積載バランス良好。何だって？」

「十八番排障器。操縦装置を活性化させろ」

キムも、たまにはまともなことを言う。僕はいくらか感心して、コンソールに手を伸ばした。潜在意識に、こう言い聞かせながら――。

これは仕事だ。いいか、仕事なんだ。進入アプローチは、僕の主たる業務なんだから――。

うまくいった。僕の指は、半ば自動的に、自動操縦を解除する複雑な手順を開始していた。出力動作中というわけだ。従って、スリープ・モードには入らない。

「こりゃいい」

と、僕はキムに話しかけた。

「こうして忙しくしてりゃあ、眠ったりしない。何とかなりそうだ。おい、キム？」

キムは、口を開けて眠り込んでいた。航宙士としては、何の仕事もなかったのだ。僕は、慌てて叫んだ。

「船内業務一般通達！」

ただちに、キムの目が開いた。僕は、忙しく手を動かしながら、言葉を続けた。一人で起きているのは嫌だ。第一、危険だ。再び眠り込んだ時、何かの口実で起こしてくれるやつが欲しい。

「独立航行船舶の主席操縦士に付与された権限に基づき、キムボール・スタックマンを、操縦士補佐に任命する。復唱せよ」

キムの目は、あっけにとられたように見開かれていた。僕は繰り返した。

「復唱せよ」

キムの喉仏が、ぐびりと動いた。

「主席操縦士の命により、操縦士補佐を拝命。しかし、おれは、航宙士だ。操縦のことなんか、何も知らんぞ」

「安全運行基準ａの６」

と、僕は喚き返した。

「操縦士補佐は、必要に応じて、操縦動作を復唱すること。おれがやることを見ていて、復唱しろ」

「了解」

キムは、正面のスクリーンを一生懸命見つめて、僕の動作に従って表示されるコマンド・ステイタスを読み上げ始めた。

「推力進入モード。姿勢制御安全装置解除。前方推力3。補正1・6。進入角度選択。噴射1・4——」

しばらくは、それでうまくいくかに見えた。軌道進入手順が慌ただしく進んで行き、キムがまた、慌ただしくステイタスを復唱する。ぎりぎりで進入をクリアできそうだった。

しかし——。

「動作安定。進入路確保。前方障害物なし。そのまま待機」

僕はぎょっとして、スクリーンを眺めた。その文字は、間違いなく表示されている。

そのまま待機。

そのステイタス・コマンドは、他でもないこの僕が打ち込んだものだ。慣れから来る自動的な指の動きで。

アプローチの最中には、何度か、こういう瞬間がある。

船が、安定した動作に入って、手出しする必要がなくなる瞬間。

この船のコントロール・システムは、待機状態の時には、十五秒おきに確認メッセージを送り出すように設計されている。

もちろん、人間をスリープ・モードに落とさないためだ。ソフト・イヤホンに入るコンピューターのメッセージは、パイロットの潜在意識によって、仕事上の伝達と判断される。人間は入力状態になり、スリープ・モードには入らない。軌道進入動作中に、操縦士が眠り込んでしまったりしたら、ひどく危険だ。

しかし、今は——。

僕らの神経系統は、二十秒ではなく、二秒で入眠するように調整されている。十五秒ごとのメッセージ入力では、眠り込むのを避けることはできない。

一方で、余分な動作をすることもできない。

邪悪な催眠術をかけられた僕らの潜在意識は、船が待機モードにあることを知っている。その間に行なわれるどんな動作も、連絡も、無意味な『遊び』と解釈されてしまう危険があるのだ。

「げえっ」

と、僕は喚いた。

本当に、吐き気がして来たのだ。しかし、もちろん、その喚き声は、業務上の伝達とはみなされなかった。

どうしていいかわからないままに、僕は眠りに落ちた。

ブァム、ブァム、ブァム、ブァム——。

不快な警報ブザーが、僕を叩き起こした。

スクリーンに映る水星の位置が高い。高すぎる。

このまま進入すると、低すぎる軌道——衝突コースに入る恐れがあるため、コンピューターが僕らの注意を喚起したのだ。

僕の指は、コンソールの上を蝶のように舞った。

やっと仕事ができたキムも、嬉しそうにステータスを読み上げ始めた。

「姿勢制御——仰角二度。噴射。噴射終了。自動座席固着。ショックに待機。1、1、2、マーク——」

しばらく、船体の制御を取り戻すのにてんてこまいだった。そのあとで、また、恐ろしい文字がスクリーンに瞬いた。

「進入フェーズ5。そのまま待機」

叫ぼうが喚こうが無駄だった。船は待機モードに入ってしまい、人間がやることは、何もない。

「キム、チェックリストを」

と、僕は叫んだ。

「駄目だ」

と、キムは答えた。

「一般チェックリストは凍結中。制御動作優先で、チェック業務は続行できない」

「馬鹿な」

僕たちは、眠り込んだ。

ブァム、ブァム、ブァム――。

また警報だ。僕はステータス・ボードの表示を確認する前に、とにかく、制動噴射制御スイッチを入れた。この操作が船の姿勢制御にどんな影響を及ぼそうと、知ったことか。重要なのは、進入動作の最中にまた眠り込んだりしないように、常に何かをしていることだった。何だっていい。必ずしも、有効である必要はない。無害でさえあれば――。

「制動噴射0・1」

と、キムが喚いた。

「落ちるぞ！」

その言葉が、業務上の伝達行為であるかどうかは、微妙な問題だった。確かに、僕らは軌道から『落ち』始めていた。軌道高度を維持するかたちでアプローチするには、進入速度が遅すぎる。

つまり、僕のとっさの制動動作は、有効ではなかったばかりでなく、有害でもあったわけだ。

「緊急加速！」

と、僕は喚いた。

「ショックに待機」

舌を嚙みそうになりながらも、キムは、ステータス・ボードの表示を読み上げた。

「加速指令伝達――うっ」

僕らの背中を、何かががつんと叩いた。予備の推進剤を使った急加速のショックで、僕は一瞬、気を失いそうになった。

しかし、気を失っている場合ではなかった。

「補佐へ業務上の連絡」

と、僕は喚いた。

「こんなことじゃ、らちがあかん。操船資源を使い果たしてしまうぞ」

船を操る上での、過酷な真実がここにはあった。

水星は、マルチ・スクリーンの下のほうに逃げながら、確実に、大きさを増している。

もう、アプローチをやり直すことはできない。たとえ時間があったとしても、一旦この軌道から弾き出されたら、戻ってくるだけの推進剤がないのだ。そして、加速しすぎたり、減速しすぎたりして、修正動作をする度に、貴重な資源は減っていく。

人間がゲームをして消費する電力すら節約しようという思想に基づいて、貨物船『ヴィクトリア』は運行されている。操縦士が、二回も三回も操船ミスをすることなど、計算に入っていないのだ。

もともと僕は、それほど無能なパイロットというわけじゃない。アプローチをミスったことなど、これまで一度もなかった。

まともな体調でさえいれば――。

「資源確認」

とキムが叫んだ。こいつも、根っからの馬鹿じゃない。操船資源の点検なら、ちゃんと正規業務とみなされることに気づいたらしい。

「頼む」

微妙な操船に追われながら、僕は喚いた。いいぞ、これでしばらく、二人とも目を覚ましていられる。うまくやれば、軌道アプローチをやり遂げられるだろう。

しかし――。

何かが、頭の中でひっかかっていた。

僕のパイロットとしての本能が、警告を発しているのだ。このままでは、危ない。何かが起こる。何かが。

アプローチ。

アプローチには、微妙な制御動作が必要とされる。

もし、それがうまくいったら——。

大変だ。

「大変だ」

と、僕は叫んだ。

「ステーション・アクセス」

キムが、変な声を出した。彼も気づいたのだ。

水星軌道に乗った後で、もう一つ、重要な操作が控えている。軌道ステーションへのドッキングだ。

どんな貨物船であろうと、直接、惑星上に降りたりはしない。そんなことをすれば、重力と接地の衝撃で、脆い船体がばらばらになってしまう。貨物船は軌道ステーションにドッキングして、そこからシャトルかマグネ・キャッチャーが、貨物を地上に運び下ろすのだ。

だから、軌道に乗ってしばらくしたら、ステーションに接近しなければならない。

そして、軌道ステーションのグライド・パスに乗った後、船は待機モードに入る。そこまで行けば、人間がしなければならないことは、あと一つだけだ。

アクセスする直前に、制動噴射をかけ、やんわりと船をアクセス・ベイにつける。昼寝していたって、できる操船だ。

いや――。

その時のことを考えて、僕はぞっとした。

本当に昼寝をしていたら、できない。

最後の制動噴射がなければ、時速数マイルという遅い速度で、船はアクセス・ベイに突入する。ヴィクトリアの膨大な質量をもってすれば、その速度で充分だ。船首構造材と、アクセス・ベイを滅茶苦茶に破壊するには。かと言って、逃げ出すわけにもいかなかった。ここで、ステーションを過航したら、僕らは動力もなく漂う、宇宙の迷子になってしまう。

緩やかな衝突で、船がどうなろうと、会社がどれだけの損害を蒙《こうむ》ろうと、知ったことではなかった。しかし、問題は、われわれのコックピットが、その船首の先端に位置しているということだ。船と一緒に滅茶苦茶になるのは、ご免だった。

「げーっ」

と、キムが発言した。

彼は、この間、業務に分類されるようなことは、やっていなかった。発言直後に、彼は眠り込んだ。

くそっ。

僕は、悪態をつきながら、制御装置と格闘した。水星は、スクリーン下方に去り、『ヴィクトリア』は、軌道に乗りかけていた。アプローチが完了すれば、次はアクセス動作だ。問題点は一つ。アクセス動作中は、待機に次ぐ待機となること。ステーションからの誘導電波のパスレベルが変わる度に、船は一旦待機モードになる。そして、最終制動直前の待機は――絶対に、二秒以上続く。そのくせ、最終制動は人間の手で行なうことになっているのだ。組合に対する、ある種の復讐行為。船舶事故の責任から輸送会社が免かれるための保険だ。

従って――コンピューターが金切声を上げて、僕らを起こした時には遅すぎた、なんてことになる公算が大だ。

何とかしなければ。それも、今。

しかし、どうやって?

僕の頭は狂ったように回転していた。

目を覚ましていられるだけの『業務』があれば――。たとえば、例の在庫チェック。

馬鹿ばかしい医薬品在庫のチェックだっていい。だが、進入動作と、それに続くアクセス動作中は、優先度の低いチェック作業は、まともな業務とは認められない。

業務と認められるのは――。

ぴーっという警報が聞こえて、船が待機モードに入り、操船系がロックされた。

二秒後、僕は眠り込んだ。

タイミングが遅すぎる定期メッセージが、僕を起こした。レベル3待機。ステータス・ボードは、僕に、そう教えてくれている。もう、ステーションが見える。黒と白のコントラストがまぶしい。望遠映像だから、中央ハブの真ん中、アクセス・ベイの周辺で、標識灯が瞬いているのまで見えた。

あいつをぶっ壊したら、修理にいくらかかるのだろうかと、僕は思った。僕らの治療費よりは高いだろう。僕らに、治療費なんていらないはずだから。葬式代だって不要だ。

葬式をするだけのものは、残っていないだろうから。

キムのほうを見ると、奴は幸せそうに眠り込んでいた。十五秒おきのメッセージは、パイロットだけを起こしたのだ。このまま寝かせておいてやろう、と、僕は思った。もう、じたばたしても仕方がない。僕らは、あそこに突っ込んで行くのだ。短くつましい人生だった。葬式代も治療費も――。

頭の奥で、何かが閃いた。そのアイディアが形になる前に、僕は眠り込んだ。

「在庫点検！」

と、僕は目が覚めるなり、怒鳴った。

「医療品在庫。現物！」

待機のレベルが何だろうと、もう知ったことではなかった。そんなのは、ステーションに任せておけばいい。

キムは気でも狂ったのかという顔で、僕のほうを見た。

「点検業務は、優先度――」と言いかける。ええい、やかましい。時間がないんだ。

「緊急健康チェック」

自分の潜在意識に対して、僕は強調した。

「パイロット及び補佐の健康チェックだ。業務遂行能力調査及び応急治療！」

キムはようやく呑み込んだらしく、二人のシートの間にある、格納ペデスタルに手を伸ばした。

乗員の応急治療は、全てに優先する事項だ。乗員が業務遂行可能な状態にあるかどうかをチェックし、必要な応急治療を施すことは、運行安全確保上、最優先の業務と位置づけられている。愛すべき組合との協定事項。

僕らのわからずやの潜在意識だって、その法律は心得ている——はずだ。

「早くしろ！」

と僕は叫んだ。

「緊急拍動検査！」

「やったな」

互いの胸に聴診器を当て、絶《た》え間なく続く相手の鼓動に耳を傾けるという、珍妙な姿勢のままで、僕らは歓声を上げた。目の前には、アクセス・ベイのメイン・ハッチがあった。最終減速は、無事行なわれた。信じられないことに、船とステーションは、相対停止の状態にある。止まったのだ。

相手の心臓の音に耳を傾けている限り、僕らは、健康チェックという、神聖な業務に従事していると判断されたのだ。そして、心臓の音は、二秒と途切れることがない。

「ブラボー」

と、キムが叫んだ。

僕らは、聴診器をかなぐり捨てて、互いに抱き合った。

命が助かったのだ。

ほら、どちらの心臓にも、いまだに、力強い鼓動が——。

鼓動？
僕らは、顔を見合わせた。聴診器がないいま、もう、鼓動は聞こえない。
僕らはそのまま、即座に眠り込んだ。

YOUCHAN

チューリング・テスト

人間と、人間のふりをする機械。両者を見分ける方法とは？

おれは、自らの心の中で陳腐《ちんぷ》な問いを発した。遭難者のように漂流し、遭難者のように見え、遭難者のように話すものを何と呼ぶか。

真っ先に思いついた答えは、設問に見合って腐りきったものだった。

遭難者。

ああ。

そうとも。そうだといいのだが。おれだって、人生はシンプルなほうがいいと心から信じる。だが、あいにくこのセクターでは、ことはそう簡単には運ばない。

遭難者のように漂流し、遭難者のように見え、遭難者のように話すものを何と呼ぶか。

やむなく提出する二つ目の答え。学習機能付きの訓練用遭難シミュレーター・ブイ。

こちらが正解だ。少なくとも八分《はちぶ》通りは。

『メーデー、メーデー』

と、ジョンが背時無線を通じて言った。

『こちら、汚染調査艇ＣＢ‐１４７。緊急事態に直面している。漂流物との接触により、船殻が破損――』

『黙れ』

同じく背時無線を通じて、ジャックが喚く。

『たかがいかれメモリー・チップのくせに、人の話に割り込むんじゃない。誰か聞いてるか？ そんなシリコン野郎の言うことに耳を傾けるんじゃない。こっちが本物の遭難者だ。取り込み中悪いんだが、そばにいるなら、早いとこキャニスターを投げてくれ。エアがあまり残ってないんだ――』

ささやかな仲良し無線ネットワークに、金切り声で割り込んできたのはジェーンだ。

『あんたこそ黙んな、くそったれ猿まね野郎。集積回路の塊がエアなんぞ吸うわけないだろ。頼むから、こいつらに騙されんなよ。くず鉄どもの中のたった一人の人間はこのあたしだ』

『ねえねえ、あんた、声聞けばわかるでしょ？ メーデー。くそっ。こんな仕事、引き受けるんじゃなかった。メーデー。何でよりによってこんなことに。メーデー。ねえ、

誰が本物か、わかんないんですか？　メーデー。ちゃんと記録調べて下さいよ。僕がジム・ライリー。メーデー。汚染調査艇ＣＢ－１４７の、たった一人のスキッパーですよ』

頭を冷やせ。

おれは、大きく息を吸い込んだ。

それから、言葉とともに吐き出した。

『あんたら全員黙ってくれ。人間だろうと機械だろうと、全員だ。黙れ！　どいつもこいつも、今すぐエアが切れるわけじゃないだろう。おれには、考える時間が必要だ』

唐突に怒鳴りだしたおれの語気に気圧《けお》されたのか、仲良し無線ネットワークが、束《つか》の間沈黙した。

今のところ、誰が人間で、誰が嘘つきコンピューターなのか、知る術《すべ》はない。本物かどうかはともかくとして、ジム・ライリーを名乗る若い男の声が、最も端的に、おれの気持ちを代弁してくれていた。

引き受けるんじゃなかった。何で、よりによってこんなことに。

確かに、このあたりは難破しやすいところではある。複数の『河』の流れが交錯《こうさく》している宙域だからだ。『河』というのは、加速された星間物質の流れだ。塵《ちり》くらいの大きさの星間物質が、何となく互いに寄り添って流れている『河』。もともと起源の異なる塵の群れが、永劫《えいごう》の時の流れの中で、成り行きで速度ベクトルを揃えちまっただけの話だから、密度はごく薄い。巨視的に見ない限り、『流れ』として認識できないくらいのものだ。言ってみれば、コップ一杯の水と、塩数粒で作ったスープのようなもの。普通の人間には、味もわからない。速度は速いけれど、質量がわずかだから、エネルギー量はたかが知れている。

しかし、光速近くまで加速した船が、誤ってその流れに乗り入れると——ガシャーンだ。恒星空間における通常の星間物質密度の三倍程度までは対応できる排障器が、連続遭遇する荷電微粒子に対処できなくなり、船殻に穴があく。運がよければ、どうってことはない。穴ったって小さなもので、空気漏れを起こすか起こさないかぐらいのレベルだからだ。

しかし、当たり所が悪ければ——たまたま、集積の上に集積を重ねたＵＬＳＩチップなんかに命中すると、ろくでもないことになる。クリーンルームで精密印刷された十五層構造のチップにとっては、ミリミクロン単位の穴でも致命的だ。何せ、最近のチップは、回路一本の太さが、分子数個分だったりするんだから。いまいましいナノテクノロジーってやつ。

だいたいが、だ。電子回路というより細密画とも言うべき最近の——。

待った。そんなご託を並べてる場合じゃなかった。とりあえず、ここで話を整理しておく。

そもそも、最初にドジを踏んだのは、辺境宙域救難救急隊の輸送艇だった。

ちょっとしたドジで、別に大事故なんかじゃなかった。その艇は『河』に乗り入れちまったものの、幸運な乗員は全員無事に戻ってきやがったのだ。輸送艇はほぼ無傷だった。規格サイズの積荷のコンテナを除いて。穴をあけられたチップのせいで、船腹にあるカーゴベイが開けっ放しになり、コンテナ・ロックも外れてしまったらしい。詳しいことは誰にもわからないが、コンテナ自体、ロックが破損したようだ。結果として、コンテナにおとなしく納まってたはずの積荷が『流れ出し』ちまったんだから。

その積荷がまた、問題だった。よりにもよって、二ダースほどの救急救難訓練用ブイだったのだ。辺境警備隊教育中隊が所管する資材で、救助訓練に使用するものだ。訓練生が救助ミッションをシミュレートできるように、緊急事態に陥った小型宇宙艇そっくりに振る舞うようにプログラムされている。遭難者のように漂流し、遭難者のように見え、遭難者のように話すように。誰だか知らないが、つまらん代物《しろもの》を設計したもんだ。設計した時から厄介事は予想されたはずだし、予想される厄介事は、必ず実現する。その法則通り、公宙に流れ出した救急救難訓練用ブイのうちのいくつかが活性化しちまったようなのだ。ランダム生成された暗号解除キーを送信するはずの訓練船が近くにいない時に。

さてさて、次にドジを踏んだのは、星間環境保護局だ。

連中は、よせばいいのに、汚染調査艇を事故現場に派遣するという決定を下した。昨今、『汚染』という言葉は拡大解釈されている。ウィルスや有機物だけではなく、電磁波や無機物でも、本来その環境に有り得べからざる代物は、環境に対する汚染とみなされる。強力な電磁波は、少し前に存在が証明された星間生命——ウィルスに毛の生えたような代物だ——の組み合わせからなる星間生態系を破壊するかもしれないではないか、というわけだ。

そんなことを言うなら、星間航行を全て禁止すりゃいいじゃないかとおれは思うが、とにかく環境保護団体は『汚染事故』には神経を尖らせていて、星間環境保護局はその環境保護団体に神経を尖らせている。

とどのつまりが、あわれなＪ・ライリーは、汚染調査艇ＣＢ‐１４７を駆って現地に赴く羽目に陥ったってこと。汚染状況を査定し、可能であれば『廃棄物質』を回収せよ、というのがミッションだった。

可能であれば、ね。

でもって、例の法則通りに、最後にこのＪ・ライリーがドジを踏んでくれた。

漂流していたコンテナのヒンジか何かに接触して、艇のコントロールを失い——要はてめえが遭難しちまったのだ。

絵に描いたような二次遭難。

航行不能状態となったＣＢ-１４７は、自動的に救難信号の発信を始めた。ここまではまあ、よかった。

よくなかったのは、他にも救難信号の発信を始めた連中がいたことだ。

コンテナからこぼれだした訓練用ブイのうちのいくつかは、何かのはずみでアクティベートされていた。

そいつらは、ＣＢ-１４７の信号を検知して、すわ訓練開始と判断したらしい。

『メーデー、メーデー』

と、ＣＢ-１４７は金切り声を上げた。

優秀な推論エンジンを備えた訓練用のブイは、ただちにシチュエーションを飲み込み、ＣＢ-１４７と同じ波長、同じパルスで金切り声を上げ始めた。

『メーデー、メーデー』

『メーデー、メーデー』

『メーデー、メーデー』

『メーデー、メーデー』

こうして、一つは本物、残りは偽物の救難信号が、該当セクターから発せられることになったというわけ。

目の前のキューブには、四つの輝点が映っている。どれも、自由落下状態で漂流しているように見える。推定質量もアルベドも、該当艇と一致している。それぞれの座標位置は、充分に離れている。『キャニスター』の射出角度を一致させられないくらいにだ。訓練用のブイは、もちろん、音声合成機能とランダマイザつきの推論機構も備えている。神の賽《さい》の目に従って、一人（もしくは一台）はジョンを名乗り、ジョンらしく喋った。もう一人（もしくは一台）は、機転をきかせてジャックを名乗り、ジャックらしく喋った。もう一人（もしくは一台）はジェーンを、もう一人（もしくは一台）はジムを——という顛末だ。救難信号に添付されたフライト・プランは『J・ライリー』の名前で登録されており、どいつが本物のJなのかはわからない。そして、『J・ライリー』本人を知っているという人物とは、簡単には連絡が取れない。ここは辺境宙域だ。救難信号を受信できただけでも、上出来と思わなくてはならない。

　でまあ、見事にややこしい状況が出来上がっちまったわけだが。

辺境宙域救難救急隊の年間予算額を知らない者にとっては、単純な問題に思えるかもしれない。どれが本物だかわからないのなら、本物も偽物もひっくるめて、全部を救助すればいいではないか？　訓練用ブイをいくつか『救助』してしまったところで、ロッカー・ルームの笑い話になるだけで、実害はあるまい？

いやいや。そいつは、考えが足りないってもんだ。

実害はある。数立方パーセクに散らばる複数のターゲットを追いかけるコストと人件費だ。辺境宙域救難救急隊の年間予算額こそロッカー・ルームの笑い話で、そんなコストを受容する余地はなかった。このあたりには、一名、ないしは複数名の遭難者を収容し、医療を施す設備のある救助艇すら配備されていない。配備されているのは、一人乗りの『一次対応艇』だけだ。

『一次対応艇』の任務は、遭難者の位置と状況を把握してセンターに連絡し、パッケージされた『キャニスター』を発射すること。そうしておけば、ほぼ一日を経て、医療設備を持つ本物の救助艇が急派されてくる。救助艇は、『一次対応艇』十五隻あたり一隻程度の配備に留まっている。位置がはっきりしないまま、うろうろと捜索活動をしたり、生存者がいない事故現場に出動したりしている余裕はないし、生存者の状況に合わせて、薬剤や医療機器を換装する必要もある。言ってみれば、『一次対応艇』の役目は、遭難者にタグをつけるトリアージ（命の選別）にあたること。高価で運用にもコストのかかる救助艇は、救助活動に緊急性と実効性があると判断された場合にだけ出動するのだ。『一次対応艇』には、遭難者を収容する能力も、遭難船舶に接舷する能力もない。できるのは、『キャニスター』を射出することだけだ。『キャニスター』には、応急措置用の医薬品、水、食糧、それに圧縮酸素が詰め込まれている。統計的にみて、恒星空間における人身事故では、外傷が問題になることはほとんどない。派手な衝突事故は極めて稀で、あっても生存者が残るケースはまずないからだ。放射線被曝事故の多くも生存者はゼロだ。救助が必要となる場合のほとんどは生命維持装置の故障、次いで多いのが、マイクログラム程度の塵による『穿孔《せんこう》事故』で、どちらも、生命線はエアである。酸素さえあれば、生存者は救命艇がやってくるまで生き延びられる。全ての船舶は、『キャニスター』を受け取るためのバケットと、接触誘導装置を搭載することを義務づけられ、この仕掛けは、乗員規模によって、二重化ないし三重化されることになっている。だから、『一次対応艇』は、『キャニスター』を射出し、後は救命艇に任せる。コストを抑えながらも救急救命の実を取れるわけだ。

お題目は立派で、制度としても整然としている。

そして、立派で整然とした制度の例に漏れず、急場の役に立たない。

官僚は、例外的なケースを切り捨てて計画を立てる。例外的なケースとは、例えば二重遭難だ。同一セクターで複数の遭難事故が発生した場合、数少ない救命艇では対応できない。しかし、二重遭難の発生確率は極めて低い。

例外的なケースとは、例えばこれだ。

本物に混じって、偽物の救難信号が、しかも複数発せられている場合。

想定外の事態。

おれは、もう一度息を吸い込み、吐き出した。

これは、古典的な問題だ、と、自分に言い聞かせる。まさに、人工知能の研究初期に論じられた問題じゃないか。

歴史で習ったことがある。アラン・チューリングが考案した、いわゆるチューリング・テスト。

ある存在に対して、いかなる質問でも発することができるとする。その質問に対して、何らかの返答が返ってくるとする。返答は、正確でなくてもかまわない。返答だけで、『ある存在』が、人間なのか機械なのか、識別することができるだろうか？　識別できなければ、その機械は『人工知能』として扱われる資格を有することになる。

ほんの数日前なら、おれは自信を持って答えられたろう。もちろん識別できる、と。電話の相手が人間なのかコンピューターなのかわからない、そんな馬鹿なこと、あるわけないじゃないか。そうだろう？

コンピューターは恋をしない。トラウマを持たない。酔っぱらったり、消化不良を起こしたりしない。喋っていればわかるはずだ。機械なら機械と。人間なら人間と。違うか？

今では、あまり自信を持てない。

ジョンとジャックとジェーンとジムの話をリアルタイムで聞いている今では。

コンピューターは恋をしないが、充分なレベルのプログラムを備えていれば、恋の模傚をすることができる。トラウマがあるふりをすることもできる。たぶん、酔っぱらったり、消化不良を起こしたりしたふりだって。

『一次対応艇』は、遭難者を識別し、特定しなければならない。そのことははっきりしている。『一次対応艇』の貧弱な航続距離では、当てずっぽうに飛び回るわけにはいかないし、『キャニスター』は、予備を含めて両舷に一基ずつ、合計二基しか装備していない。お喋りな猿まねブイなんぞにつきあう余裕はないのだ。

　人か、機械か。識別する方法はあるはずだ。人間と間違えて、ボルトとナットの塊に優先タグをとりつけるなんて無様なミスを冒さないための方法があるはずなんだ。ただ、適切な質問を思いつきさえすればいい。

　コンピューターは人間を装うことができる。充分なレベルのプログラムを備えていれば。

　こいつらは、はたして充分なレベルのプログラムを備えているのか？　まず、そこから確かめてみる値打ちはありそうだ。

　おれは、通話ボタンを押した。

『よーし、みんな、とりあえず、全員が遭難者だと仮定してみよう。人間はそういう極限状態に陥ったとき、相互に打ち明け話なんかを始めるもんだ。暴露大会と行こうじゃないか。それぞれの初体験の話なんかどうだ？　つまり、セックスのだ』

『馬鹿らしい』

即座に、ジャックが切り捨てた。

『そんなことやってる場合じゃない。言ったろ？　エアは、あと三十分も持たない。おれには、いかれコンピュータどもと馬鹿話に興じてる暇なんかない』

この発言に対して、ジェーンが鼻を鳴らした。

『さすが、想像力のない機械だね。優先順位のつけかたがマニュアル通りじゃないの。いいかい、今は異常事態なんだよ。誰が本物か識別する役に立つなら、あたしゃ何だってするね。初体験？　いいともさ。ハイスクールの時、相手は友達の兄貴だったよ。Vディスクを返すからって口実で、ジムの裏に連れ込まれたのさ。あたしゃ、誰にも言わなかったよ、当の友達にも』

おれは、考え込んだ。この二人の応答は、どちらも充分人間的であるように思える。

おれがまだ、考えあぐねているうちに、ジョンが怒ったような声で割って入った。

『その質問には答えない。答えてたまるか』

おれは、静かに問い返した。

『なぜだね、ジョン？』

『なぜだか答える必要なんかないだろ。とにかく、答えたくないんだ』

今度は、ジムだ。

『ねえねえ、僕の番だよね。僕はまだ自分の欲求に見合った本物の体験はないんだ。この年になって恥ずかしいんだけどさ』

ジェーンが、興味を持った様子で口を挟んだ。

『ああ、あんた、ゲイなの？』

『どうも、そうらしいんだ。ジュニア・ハイの時に、女の子にカプセルに引っ張ってかれたこともあるんだけど、ちっともいいと思わなかった。そんなことより、半袖のシャツからのぞく男性の太い腕を見ると、どきどきしてくるんだよね』

ジョンが、舌打ちをする。

『何言ってやがる。機械のくせに。どきどきだって？ プラスとマイナスの電荷しか識別できないくせに』

『そっちこそ、ジョン。人間じゃないってばれるのが怖いから、答えられないって言ってるんじゃない？』

『答えてないのは、ジャックも同じだろうが』

当のジャックが、哀れっぽい声を張り上げた。

『頼むよ。ほんとに、こんなことにつきあってる場合じゃないんだ。チップどもにはいくらだって時間があるんだろうが、こっちはそうじゃない。何でもいいから、早く結論を出してくれ』

失敗。おれは、ため息をついた。

こいつらは、充分なレベルのプログラムを備えている。それだけは確かだ。だが、大抵のプログラマーが想定していないような質問にも、答えられるだろうか？　普通に考えて、人工知能の知識ベースには組み込まれない類《たぐい》の質問には？

おれは、確信が持てないままに問いを発した。

『みんな、自分のクソを見たことがあるよな？』

今度は、ジャックが最初に答えた。

『あるとも。もう、とりあえずつきあうから、早く済ませてくれよ』

続いて、ジェーン、ジョン、ジムが名乗りを上げる。

『あるに決まってるじゃない！』

『あるよ』

『それは、認めるにやぶさかではないがね』

おれは、ため息をついた。

『では、一人ずつ答えてもらう。それは何色だった？　まずジャック』

『その時によって違う。焦《こ》げ茶色かな』

『ジェーン？』

『黄色に近いね。黄土《おうど》色ってのは？』

『ジョン？』

『黒だ。ワインを飲むんでね』

『また最後だね。緑がかった黄色。僕、ベジタリアンなんだよ』

やれやれ。一人（ないし一台）ぐらい、紫とかピンクとか、突拍子もない答えを返してくれないかと期待したのに。無駄だったか。たかが訓練用ブィのくせに、みんな優秀だ。変態プログラマーによって、だと思うが、クソの色についてまで仕込まれてる。ブィの推論エンジンを設計した奴は、ガベージイン方式を採用したに違いない。脈絡なく、既存の知識ベースを片っ端から食わせるってやり方だ。で、変態プログラマーが、『条件づけ』プログラムを書いた、と。

その変態プログラマーを、何とか出し抜かなきゃならない。ニキビだらけの、鼻とベロとヘソにピアスをした、ガキみたいなプログラマーを。奴ら、きっとまだ童貞に違いない。でなきゃ処女だ。生身の人間とは、ロクに話もできず、親密な関係を作れない。ネットを使ったシミュレーション・セックスが関の山だ。でも、セックスとスカトロの話題は駄目だ。いくら童貞と処女だって、ネットをあさりまくって、すっかり耳年増《みみどしま》になってるはずだから。

栄養不良の、対人恐怖症の、青白いガキどもめが。

ふと、閃くものがあった。

おれは知っていた。J・ライリーは、三十八歳だ。変態プログラマーのほとんどは、二十代をいくらも出ていない。

『じゃあ、次の質問』

おれは、気負い込んで、言った。

『キャンディ・ブルーの色と味を説明してくれ』

キャンディ・ブルーというのは、虫下しの名前だ。J・ライリーの世代——ということは、つまりおれたちの世代——の者は、必ずガキの時に飲まされている。一時期、ラナウェイ探検隊が誤って持ち帰ったブリガンディン蟯虫《ぎょうちゅう》が、居住星域の全ての学童の間で大流行したのだ。それは、一年に満たない短期の流行だった。だから、現在三十四歳から四十歳までの世代だけがその洗礼を受けている。

キャンディ・ブルーという俗称は、飲めば必ずブルーな気分になるところからきた命名で、ゼリー状の薬剤自体は、青ではなく、鮮やかなピンク色をしている。そしてまた、甘みをつけたその味が、何とも言えないもので、飲んだ者でなければとても形容できる代物ではなかった。

さあどうだ、と、おれは思った。ケツの青いプログラマーどもめ。キャンディ・ブルーの味を知ってるか？

最初に答えたのは、ジャックだった。

「ショッキング・ピンクのゼリーだね。味は――そう、苦いとは言えない。喩えれば、それは――」

駄目だった。

ある世代だけが知っているはずの虫下しも、ある世代だけが知っているアニメ・キャラクターも、短期間だけ流行したコマーシャル・ソングも。

ジャックがぼやき、ジェーンが嚙みつき、ジョンが怒り、ジムが協力的態度を示した。

そして全員が、全ての問いに対して、『正解』を出した。本物の三十八歳の人間がくれそうな答えを返してよこしたのだ。

さて。

これで振り出しに戻る。

ある存在に対して、いかなる質問でも発することができるとする。その質問に対して、何らかの返答が返ってくるとする。返答は、正確でなくてもかまわない。返答だけで、『ある存在』が、人間なのか機械なのか、識別することができるだろうか？

『くそっ、エアが切れそうだ。いい加減、〝二十の扉〟は切り上げてくれ』

『馬鹿言ってんじゃないよ。あんたこそ、いい加減、猿芝居をやめな』

『ねえねえ、いっそ、くじ引きにしたらどうかなあ。恨みっこなしってことで』

『馬鹿野郎。こっちは命がかかってんだぞ。くじ引きでいいわけねえだろ』

適切な質問。

人間には答えられて、機械には答えられない問い。それを思いつくことができれば。

人間らしくない振る舞いを識別することさえできれば。

『それもいいかもね。あきらめが肝腎《かんじん》って言うしさ』

『あきらめてたまるか。人間、もう理屈なんかどうでもいい。おれだ。おれを信じろ！　おれを信じろ！　信じろって!!』

『もう、急に大きな声出さないでよ。どっちかっていえば、僕を信じて欲しいんだけどなあ』

『黙れ、この変態チップ野郎。人間だったらな、時々パニックってもんに襲われるんだよ』

『あんたのがパニック？　だったら、本物のパニックを見せてやろうじゃないの。ねえ、あたしがパニック起こしてくたばるとこ、聞かせようか』

まったくもう、と、おれは思った。こいつら、飽きるってことがないのか？　一体いつまで、芝居を続けるつもりだ？

それでも、ジェーンのさっきの台詞が、おれの頭の中でひっかかっていた。

人間、あきらめが肝腎。

ひょっとして――。

人間特有のふるまい。

あきらめるというのは、人間特有の反応だろうか。

コンピューターはあきらめない。

連中は、最後まで、遭難者を演じるようにプログラムされている。訓練を中断するわけにはいかないからだ。

おれは、指を通話ボタンから離して、シートにもたれた。

おれは沈黙した。会話をあきらめた。

そして、一次対応艇が到着するのを待った。

予想した通り、黙ったのはおれ一人だった。他の連中――つまり、四つの訓練用ブイは、ペチャクチャと喋り続けていた。

遭難者のように漂流し、遭難者のように見え、遭難者のように話すものを何と呼ぶか。

もちろん、学習機能付きの訓練用遭難シミュレーター・ブイだ。少なくとも八分通りは。

一次対応艇のキューブに、くっきりと映るはずの五つの輝点のうちの四つは。

残る一つの輝点であるＣＢ－１４７に乗っているおれは、ジュン・ライリー。最後にドジを踏んだ遭難者だ。一次対応艇が到着した時に、おれこそが生身の人間だと主張できる方法を、三時間にわたって模索していた。

全部が機械だとわかっている四つの訓練用ブイに質問を発し、挑発し、反応をうかがってみた。活路を見いだすために。奴らが正しく答えられない質問を見つけ出すために。一次対応艇が到着した時に、間違いなく、トリアージのタグをつけてもらうために。おれは、キューブに目をやった。エアの残りは少ない。ETA（到着予定時刻）から、遅滞なくキャニスターを射出してもらわなければならない。

どうやら、と、おれは思った。活路を見いだしたようだ。一次対応艇が接近してくる間、ブイどもにさんざん喋らせておいてから、おれが「あきらめた」ことを説明すればいい。

コンピューターはあきらめない。飽きたり、絶望したりしない。忠実に、プログラムを実行するだけだ。本物そっくりの遭難者として振る舞うというプログラムを。

少しだけ、元気が出てきた。おれは、自分に言い聞かせた。奴らは、結局、チューリング・テストをパスしないだろう。

比喩的な電線のこちらがわにいる人間は、おれだけなんだ。

遭難者のように漂流し、遭難者のように見え、遭難者のように話すものを何と呼ぶか。

遭難者。

だが、あいにくこのセクターでは、ことはそう簡単には運ばない。

このセクターは、沈黙していた。氷みたいに冷え切っていて、背時波のざわめきはスピーカーに入らない。

輝点は、確かにある。五つもだ。艇内のセンサーが中継するバイタル・サインは消えていない。エアはまだ残っていて、遭難者の鼓動は続いている。音声通信が死んでいない証拠に、非可聴域のアクノ信号も出ている。では、遭難者はどこへ行った？　何をしている？　なぜ応答しない？　眠っちまったのか？

わたしは、カフ・マイクから、もう一度呼びかけてみた。

『汚染調査艇ＣＢ‐１４７、Ｊ・ライリー応答願います。貴艇の救難信号をキャッチしました。こちらは、一次対応艇ＴＢ‐１０３。どうか応答願います』

沈黙。

遭難者のように漂流し、遭難者のように見え、遭難者のようには話さないものを何と呼ぶか。

遭難者。もしくは訓練用遭難シミュレーター・ブイ。学習機能つきの。

五つの輝点のうちのどれかが本物の遭難者で、他の四つは訓練用遭難シミュレーター・ブイだ。互いのＩＤを熟知したブイたちは、誰が本物の遭難者か、識別している。そして、本物の遭難者に話を合わせ、本物の遭難者を模倣している。

学習機能つき、か。奴らは、遭難者の行動を評価し、自分のプログラムに取り入れるほどには、賢い。理由はわからないが、遭難者は沈黙を選び、機械たちがそれを模倣しているのだ。

機械の群れの中の、生身の人間。

これは、チューリング・テストだ。人間を識別できないはずはない。連中が喋り出しさえすれば。

わたしは、シートに背を預けて、誰かが喋り始めるのを待った。

正しい質問をしさえすればいいのだ。

三十八歳の人間には正しく答えられて、コンピューターには答えられない質問を。

まあ、何か思いつくだろう。

そうだな。手始めに、キャンディ・ブルーのことでも訊いてみるとするか。

壁の向こうの友

壁の向こうにはいつも〝あいつ〟がいた。ほら、耳を澄ませば音が……。


「とても、信じられませんね」

若いトリヴィ記者が、狭い岩棚を見回しながら、感に堪えないように呟いた。

「こんなところで暮らすことができたなんて」

差し渡し五メートルほどしかない岩棚の上には、大きな岩盤が張り出していて、複雑な形状の岩が雨風を遮っている。山腹に、ようやく立って入れるほどの割れ目があった。

近世考古学者は、右下方に広がる小さな湖を見下ろしながら、後悔しているように頭を振った。

「山崩れと砂嵐で道が埋まって、完全に孤立したんだ」

湖の周囲も、切り立った岩山で閉ざされていた。小さな、隔絶された盆地。

トリヴィ記者は、低く口笛を吹いた。

「それで連絡が途絶えたんですか？　信じられない。入植当時じゃあるまいし、これだけ開発が進んだ世界で」

近世考古学者は、怒ったような顔を若い記者に向けた。

「いくら開発が進んでいようと、砂嵐じゃヘリは飛べん」

「しかし、土木工事の技術は――」

「最新の技術を使えば、すぐに登山路を復旧できたはずだというのかね。技術的には可能だったさ。しかし、人命救助といえども、コスト効果のバランスを無視するわけにはいかんだろう。工事を急げば、それこそ人命が失われる危険があった。都会育ちの人間が思っている以上に、ドームの外は、過酷な世界なんだよ」

「それにしても――」

記者は、頭を振った。

「やっぱり、信じられませんよ。そんなに長いこと、生き延びることができたなんて」

「湖、行ってくる」

と言って、マヤは出ていった。

ウリは、彼女のひたひたという足音が聞こえなくなるのを待って、いつものように岩の壁に耳を当てた。

今日は、答えがあるだろうか。

今日は、あいつは、「いる」だろうか。

右手で、滑らかな石のかけらを持ち上げる。長い日々の間に、その道具は手になじむようになっていた。岩壁の頭の高さのところを、コツンと叩く。

『おれだ』

ウリは、しばらく耳を澄ませて、待った。

返事はない。

また、同じところを叩く。今度は、もっと強く、続けて二度。

コツン、コツン。

すると、答えがあった。

ほぼ同じ場所。ほんの少しだけ、高い。

コツン。

『おれだ。ここにいるぞ』

ウリは、嬉しくなって、にっこりと微笑んだ。

今日も、答えがあった。

今日も、あいつは、『いた』。

たとえ固い壁の向こうであっても、誰かが『いる』のは、いいものだ。

もちろん、ここにはマヤがいるわけだが、彼女とは、仲がいいのか悪いのかわからない。妹なのだし、生まれた時からずっと一緒にいるのだ。いるのが当たり前で、彼女がいて楽しいとか、逆に気詰まりだとか思ったことはない。彼女はただ、単に——岩壁の中に封じ込まれた世界の一部なのだ。

昔は、もっと他にもいた。

『とうさん』と、『かあさん』だ。でも、ふたりとも、いなくなってしまった。『とうさん』は、ある時、湖に行ったまま帰ってこなかった。『かあさん』のほうは、その後しばらくして、身体が熱くなり、意味の通らないことを喋り散らすようになった。怖くなってほうっておいたら、やがて冷たくなってしまった。

固くて冷たくて、動かないので、マヤと二人で、どうしようかと言い合っていたのだが、そのうち、嫌な匂いがし始めたので、湖に持っていって、捨てた。臭いものは、湖に捨てるように、教えられていたからだ。

それからずっと、ウリは、マヤと二人でやってきた。

石の壁に囲まれたこの世界の中で、二人きりだ。湖には魚がいたし、壁からは苔《こけ》がこそげるので、暮らしには困らなかったが、ウリは、何か物足りなかった。

以前には四人いて、それぞれ、怒ったり泣いたり笑ったり、何かを教え合ったりしていたのに、今は、二人しかいない。

ずーっと昔、この世界ができたばかりの時は、もっとたくさんの人がいたのだと、『とうさん』は言っていた。ウリには、『もっとたくさん』の人など、想像することもできない。

でも、四人が二人になって、寂しくなったのは、確かだった。

生まれた時から、同じことを教わり、同じ場所にいて、同じことをしていたので、相手の考えていることはだいたいわかってしまう。喋っていても、互いに知らないことを口にすることは少ないし、どうかすると、何日も喋らなくても済んでしまう。抱き合って寝るのは悪い感じではなかったけれど、互いの匂いも知り尽くしてしまっていて、びっくりしたり、面白かったりすることはほとんどない。

『とうさん』や、『かあさん』がいる時は、そうではなかった。

あの二人は、マヤとウリが知らないことをいろいろ知っていた。壁のない世界のこと。空を飛ぶもののこと。足を持って、駆け回るけもののこと。丸い屋根を持つ建物のこと。空から降ってくるもののこと。

そういう話をしていると、しまいに『かあさん』が泣き出してしまうのにはまいったが、びっくりしたり、面白かったりすることは、けっこうあったのだ。

だからある日、何ということもなく壁を叩いて遊んでいて、自分が出したのではない音が聞こえた時、ウリは、自分でも意外なくらい、興奮したのだ。

コツンと叩くと、コツンと返ってきた。

コツコツと短く叩くと、『あいつ』も、コツコツと返してきた。

ウリは、楽しくて、雀躍りした。

だいたい、『あいつ』なんて言葉を、何年使っていなかっただろう。『とうさん』がいる時はよくその言葉を聞いたものだ。『かあさん』が湖に行っている時などに、「あいつ、そろそろ帰ってくるだろうか」などと。

『あいつ』というのは、誰かの前で、その場にはいない人のことを話す言葉なのだ。マヤと二人きりでは、めったに使うことがない。『あいつ』を発見したころは、湖に行くのでもマヤと一緒に行くことが多かったから、そもそも、その場にいない誰かなど、どこにもいなかったわけだ。

言葉のことはともかく、『あいつ』とやりとりするのが、ウリの一番の楽しみになった。

壁越しに、言葉を交わすことはできなかった。

何度か大声を張り上げてみたのだが、マヤをうるさがらせただけで、壁の向こうから声が返ってくることはなかった。

たぶん、あいつには、声は届かないのだろう。

そこで、ウリはあきらめて、岩叩きに戻った。

岩を叩くだけでも、工夫次第で、いろいろなことができた。

背の高さを交換したこともある。

まず、壁の、一番下の部分を叩く。

それから、頭のてっぺんの高さを叩く。

何度か繰り返しているうちに、『あいつ』のほうからも返事が返ってきた。

一番下を叩くのは、同じ。

次に、ウリが叩いたあたりよりほんの少し高いところから、響きが伝わってくる。

ウリは、嬉しくなった。

『あいつ』は、ウリよりも、少し背が高いのだ。

次は、性別を訊いてみようと思った。

腰の高さのところを叩いた。中央を強く一度。それから、その左右を小さく一度ずつ。

ウリとしては、こう伝えているつもりだった。

「おれには、サオとタマがある」

同じ答えが返ってきた。でも、ウリには、相手がわかっているのかどうか、いま一つ確信がなかった。

その次に、胸のあたりを二度、強く叩いた時も、同じ答えが返ってきたからだ。

まさか、男と女、両方いるわけではあるまいな。

ウリは考えた。

そうかもしれないし、そうではないのかもしれない。いずれにしても、ウリは、それを確かめるいい方法を思いつくことができなかった。だから、この問題は後回しにして、別のことをやってみることにしたのだ。

この遊びについては、いくらでも思いつくことがあった。

腹が減っているかどうかを、伝えることはできないだろうか？

気分はどうかと尋ねるには、どうすればいいだろう？

年齢を訊いてみる手段は、ないものだろうか。

マヤは、ウリの熱狂にあまり同調しなかった。どちらかといえば嫌がっていたようだ。ウリが変な遊びに熱中して、魚とりや、苔こそげを手伝うことが少なくなったからだ。石を転がす遊びや、指相撲など、それまで二人で楽しんできた遊びにも、見向きもしなくなってしまった。

ウリは何度も新しい遊びにマヤを引き込もうとしたが、うまくいかなかった。彼女にとってみれば、どうせ壁を崩すことも、言葉を交わすこともできないのだから、馬鹿みたいに壁を叩いていても、何の値打ちもない、ということのようだった。

何かをもらうことも、教えてもらうこともできないのだったら、誰かと壁を叩き合っても意味がない。そう、マヤは言い張った。確かに、一理はある。しかし、マヤはただの楽しみということを知らないのだろうか。そう言ってみると、マヤは、向こうにはよくないものがあるんだから、壁なんか叩いているとろくなことがない、と答えた。

結局ウリは、マヤにわかってもらうことをあきらめ、一人で壁叩きを続けることになったのだ。

だんだんに、いろいろなことを伝えられるようになった。

相手の体調や、気分、空腹の度合い。

最近、どんなことをしているか。

そちら側に、湖があるのかどうか。

ウリは、ときどき想像する。何か奇跡が起きて、壁が崩れたりすることはないものだろうかと。

相手がどこを叩いているかわかるくらいだから、壁は、最初に思い込んでいたほど厚くはない。それは、確かだ。

しかし、何度か力任せに石で打ってみても、びくともしなかった。

本当のところ、どこまで厚いのだろうか。ひょっとして、根気よく叩き続ければ、崩れるだろうか。それには、どのくらいかかるだろう。百日か、千日か、そのまた十倍ほどか。

いつか、試してみる値打ちはある。もっと細かく、意志を伝え合えるようになったら、一度相談したいものだ。

あいつと。

カンコンカンコン。素早く、右手の端、左手の端、右のつま先のあたり、左のつま先のあたりを叩く。

『元気か？』

少し経ってから、ほとんど同じ叩き方で、返事が返ってくる。

『元気だ』

ココンコン。円を描くように、腹の当たりを叩く。

『腹減ってるか？』

力強い一打ちが戻る。

『今は、減ってない』

ココ、キンキン。せわしなく、口の高さを連打する。

『何喰った？』

低い位置で、擦るような音。

『モグラ』

ひょっとすると、モグラを意味しているのではないのかもしれない。蛇か、あるいは、ミミズみたいな虫か。それとも、『とうさん』が話してくれたことのある、根菜というやつか。でも、細かいことはどうでもよかった。ウリは、相手がモグラを喰っているのだと想像する。当たっているかどうかはともかく、相手が身近に感じられる。

空腹かどうかは、いつも大事なことだ。

相手が満腹なら、ウリもいい気分だ。

胸のあたりが、間隔をおいて、二度打たれる。

『そっちは？』

ウリは、強くひとつ、打ち返した。

『満腹だ』

頭より高いところを打つ音。

『そりゃあいい』

『そりゃあいい』

ウリは満足していた。今日も、ひととおりの挨拶《あいさつ》ができた。これから、新しい試みをいくつか、試してみるべきだろう。

一つの叩き方について、相互に意味を理解するまでになるには、通常二、三日かかった。一方がある叩き方をして、相手が確認した印に、それを繰り返す。

それから、意味の探り合いが始まる。ウリが、『空腹・満腹』の叩き方を思いついたときが、そうだった。

かなり初期の頃、苦労して、『そうだ』『違う』という応答を編み出していたのが、こういう場合にはとても役に立った。

腹のあたりを、円を描くように連打。

相手がためらっているような沈黙の後、同じ叩き方が返ってくる。

確認のしるしに、ウリからも、もう一度連打を返す。

また、沈黙が続いてから、質問が始まった。

『痛い？』

『違う』

『足？』

『違う』

『喉？』

弱く『そうだ』

『口？』

弱く『そうだ』

『口、喉、お腹？』
強く『そうだ』
『お腹、少ない？』
『（弱く）そうだ、（強く）違う』
『お腹、大きい？』
『そうだ、そうだ』
『あなた、お腹、大きい』
『そうだ。わたし、お腹、いっぱい』
『わかった！　わたし、お腹、いっぱい』
『それはいい』
『それは、いい』

　このようにして、新しい『言葉』の意味を、探り合い、決めていくのだ。言葉が増えれば増えるほど、確認は楽になる。いろいろな訊き方ができるようになるからだ。

　前には、一晩考えてから、やっと相手が言おうとしていたことがピンと来る、というようなこともよくあった。

　しかし最近では、簡単な言葉なら、その日のうちに意図が通じ合うようになることが多くなってきていた。

さて、と、ウリは考えた。

今日は、何を試そうか。

この前から、何とか説明しようとして、なかなかうまくいかない言葉が二つある。

『もう一人の人／女』と、『湖』だ。

『マヤという女がいて、今は湖に魚を採りに行っている』

これが、最終的に伝えたい文章だ。マヤについての話ができるようになれば、マヤも、この会話に加わるようになるかもしれない。それがウリの、ささやかな望みなのだった。

だが、そこまで行き着く道は遠い。ウリの相手はまだ、こちらにもう一人いるという考えをうまく呑み込んでいない。水がたくさん溜まった『湖』という概念も、理解しにくいようだ。

今日はどう話を持っていこうか。

しかし、ウリがちょっと考え込んでいるうちに、相手のほうが先に話し始めた。

『喉』

ちょっとぼんやりしていたので、ウリの返事はいくぶん遅れた。

『喉？』

喉の高さを叩いたあと、擦るような音をつけ加える。問いかけを意味する符号だ。

『喉』

『痛い？』

『少しそうだ。少し違う』

ウリは、首を傾げた。近いが、違う。喉をどうしたのか？

『けが？』

『とても違う』

こういう場合、関連する部位を確かめておくのがいいと、ウリにはわかっていた。だから、少し高い位置を叩いてみる。

『口？』

『少し、そうだ』

妙だ。相手は、満腹だと言っておきながら、喉と口を気にしている。痛みに近い何か？　しかし、怪我をしたわけではないという。

ちょっと思いついて、ウリは問いを発した。

『虫？』

『とても違う』

心なしか、相手の叩き方に、苛立ちが混じっているような気がした。ウリのものわかりの悪さを、咎めているような感じ。

喉。痛くはない。でも、それに近い。いいことではなさそうだ。

悪いことといったら、何だろう。飢えと、疲れと、病気、怪我、そして——ウリははっとした。ひょっとしたら——。問いかけてみる。

『水？』

壁の中の世界に垂れ落ちる、単調な水滴の音。その音を模した言葉。すぐに、肯定の返事が返ってくる。

『そうだ』

『水、ない？』

『そうだ、そうだ』

どうして、もっと早く気がつかなかったんだろう。ウリは、夢中で、壁を叩いた。

『水、ない？　そっち、喉、少し痛い？』

『そうだ、そうだ、そうだ』

同意のあとで、相手は、喉のあたりを擦るような、新しい叩き方をしてよこした。

『喉が渇いている』

ウリは、確かめた。

『そっち、喉が渇いている』

力強い肯定。

『そうだ！』

これでまた一つ、新しい言葉が増えた。『喉が渇いている』。

しかし——。ウリは考え込んだ。

渇きとなると、ことは重大だ。どうしてやればいいものだろう。

「馬鹿なこと」

と、マヤは言った。

「そんなことして、どうなる？　それに、壁のそばにいると、目が痛くなるぞ」

「ほこりが、目に入るくらい、どうってことない」

「ほこりじゃない。よくないものが、向こうから洩れてくる」

マヤは、壁の向こうには邪悪なものがあると決めつけていた。確かに、壁の側にいると、目や頭が痛くなってくることがある。理由は、ウリにもわからなかった。

しかし、ウリはやめなかった。

今日起き出してから、湖まで何度往復したことだろう。

湖で採ったミズトカゲの皮を、魚の腸を干した紐で縫った革袋が三つ。それには、大した量は入らない。とても喉が乾いた時、マヤが一息で飲み干せる程度の量。だから、何度も行ったり来たりしなくてはならない。

ウリは、駆けるような足どりで湖から戻ると、袋の中の水を、壁の上のほうにぶちまけた。そこには、髪の毛ほどの細さの、微かな割れ目がある。向こうに『あいつ』がいる部分の壁を、指先でくまなく探って、やっと見つけた割れ目だ。

「そんなことしても、向こうに水、届かない」

と、マヤは言った。

「岩の壁。叩いても割れない壁、厚い壁」

空になった袋を持って、また、湖に向かいながら、ウリは叫び返した。

「岩の壁。水が滴ってることがある。岩には、水が染みこむ。ちょっとの割れ目、水は染みる——」

マヤは、うんざりしたようにひとりごちた。

「じゃ、勝手にしろ。湖に行くなら、採ってこい。魚、トカゲ、採ってこい」

ウリは、聞いていなかった。

彼は、魚には興味はなかった。あの苛立った、擦るような叩き方が、頭にこびりついて、離れなかった。

あいつは、喉が渇いてるんだ。

岩から、水が染みだしてこなくなってしまったのだろうか。

あっちには、湖がないんだろうか。

とにかく、あいつは渇いている。このままだと、冷たく固くなって、いなくなってしまうかもしれない！

それは、ぞっとするような考えだった。せっかく、言葉が通じるようになった、壁の向こうの友達がいなくなってしまうと思うと、岩を叩く音が苦痛を訴えるものに変わり、次第に弱くなり、やがて途絶えてしまうのかと思うと、ウリはいてもたってもいられなかった。

だから彼は、ものに憑かれたように水を運んだ。運んで、壁にぶちまけ、また運んだ。何度も何度も。足が疲れて、棒のようになってしまうまで。

その日一日、ウリは水運びを続けた。

そして、その翌日も。

いつも、寝床に使っている岩の床が、すっかり水浸しになって、マヤはぶつぶつ文句を言った。

しかしウリが、命の問題なんだと主張すると、あきらめて寝床の場所を動かした。ウリから、ずっと離れたところに。

ウリは、ちょっと寂しかった。

それでなくても、最近は、マヤと抱き合って寝ることが少なくなっていたのだ。なぜかはわからないが、マヤは、ウリと暖め合うのを、避けるようになっていた。だから、ウリは、彼女のよそよそしい態度を、悲しく思った。

しかし、いまは、それどころではなかった。

もっと大事なことがあった。

ウリは、水を運んで運んで運んで、壁にぶちまけ続けた。

三日目の朝、ウリがまだうとうとしている時に、強く壁を叩く音が聞こえた。ウリは、はっとして飛び起きると、石の道具を持って、壁の前に立った。

『水だ』

相手の叩き方は、嬉しそうだった。

『こっちの、水、そっちに』

ウリも、嬉しくなって叩き返した。

『そっちの、水、こっちに』

『そっち、喉、渇いてる？』

『違う！　こっち、喉、渇いてない。そっちの、水！』

ウリは、感動して飛び上がった。やっぱり届いたのだ。水が岩の割れ目に染みて、とうとう向こうから垂れ落ちるまでになったのだ。壁の上のほうの岩は、少し薄くなっているのかもしれない。とても細かい割れ目が、たくさんあるのかもしれない。とにかく、喉を潤すだけの水が、向こうに届いたのだ。

ウリは、正しかった！

マヤは、間違っていた！

うきうきしながら、ウリは叩いた。

『それは、いい』

相手からも、おなじ言葉が返ってきた。

『それは、いい。そっち、いい』

ウリは、首を傾げた。そっち、いい、という言葉は、これまでにはなかった。

そうだ！

ウリは、満面に笑みを浮かべた。新しい言葉ができたのだ。

『ありがとう』という言葉が。

しかし、ウリも、いつまでも岩を叩いて遊んでいるわけにはいかなかった。

山のような苔を剝ぎ落とし、乾かさなければならない。魚を採ってきて、溜めておかなければならない。大変な仕事の量だから、マヤにばかり任せておくわけにはいかなかった。

寒い季節が巡ってきたのだ。

岩壁の中の世界には、ほとんど季節はない。だから、昔、『とうさん』にしてもらった春や夏の話は、ウリとマヤにはぴんと来なかった。しかし、この世界でも、何百日かに一度、ひどく寒くなる時期がある。どうしてそうなるのか、二人にはわからない。『とうさん』は、溶岩流の道筋に何か関係があるのではないかと言っていた。『とうさん』が言うには、もともとここは、もっと寒くてもおかしくないのだそうだ。だがふだんは、地面の中の熱が暖めてくれているから、氷が張るほど寒くはならない。だからこそ、自然災害が起こって、人々とここの生き物たちが閉じこめられた時も、何とか生き延びることができたのだ。

ウリには、ヨウガンとか、サイガイとかいうものがよくわからなかった。『とうさん』からもっと詳しく聞き出そうとするたびに、『かあさん』が泣き出して、もうその話はやめてくれと懇願したからだ。その『とうさん』も『かあさん』も今ではいなくなってしまったから、話を聞くわけにはいかない。

それでも、『とうさん』と『かあさん』は、『冬』に備える方法を二人に教え込んでいた。

二人で抱き合うだけでは十分に暖が取れなくなるから、干した苔で山を作り、その中に入るようにしなければならない。壁も床も凍りつき、湖にも氷が張って、魚やミストカゲも採りにくくなってしまうから、食べ物を溜め込んでおく必要がある。あまり動きすぎるのは避けて、また暖かくなるまで体力を温存しなければならない。

　ウリとマヤは、肌で感じていた。

　今度の『冬』は、特に厳しいものになりそうだ。

　忙しい時間の合間を縫って、ウリは、『あいつ』に事情を伝えておいた。

　二日ほどかかったけれど、どうにか、『寒い』という言葉を作り出すことができた。

　歯がカチカチ鳴り、身体が震える様子を、打撃で表現した言葉だった。

『寒い、元気ない。だから、いろいろやる』

　と、ウリは、壁の向こうの相手に伝えた。

『それはよくない』

　というのが返事だったので、ウリも同意した。

『そう、それはよくない』

　ウリとマヤは、毎日、苔の山の中で抱き合って過ごした。寒くなる前にと、ふたりともさんざん魚やトカゲ、それに若い苔を食べ続けていたので、少し身体が重くなっている。特にマヤはだいぶ肉がついたようで、寝ているのも苦しそうだった。

　苔の山の中に入っていても、歯がガチガチと鳴った。

　さすがのウリも、こうなると、壁を叩きに起き出す気にはなれなかった。用を足しに起きた時に、ついでにちょっと壁を叩いてみるぐらいが関の山で、それも一言、『寒い』とか『元気ない』とかだけで、相手の返事も待たずに、また苔の中に戻ってしまう。

汲《く》んでおいた水も、みんな氷になってしまったので、壁にかけることもできなくなった。『あいつ』がまた渇いているのではないかと、ちょっと心配になったが、今度ばかりは、他人の心配をしている場合ではなかった。

確かに今度の冬は、これまでになかったほど、厳しい。

ウリとマヤは、次第に口数が少なくなり、苔の山だけで生き延びられるものかどうか、心配になってきた。

ところが――。

マヤが、ようやく、ウリの壁叩きの値打ちを認める時が、やってきたのだ。

ウリは、苔の山の中で、はっきりと目を覚ました。

何か、おかしな感じがする。

でも、何がおかしいのか、わからない。横で、マヤがごそごそと身体を動かしている。彼女も目を覚ましたらしい。

「うーん」

とマヤは言った。

そこで初めて、ウリは気づいた。

マヤの歯が、かちかち鳴っていない。自分の歯も。

これまでは、目が覚めると、必ずと言っていいほど、歯がかちかち鳴っていたのだ。それが、今朝はなかった。口の筋肉のこわばりが取れていて、普通に喋ることができる。

「暖かい」

と、ウリは言った。

マヤが、答えた。

「それほどでもない。でも、寒くない」

二人は、用心深く、苔の山から這い出した。

「冬、終わったのか？」

マヤの言葉に、ウリは答えた。

「違う」

彼は、例の『叩く壁』の前に立っていた。

「触れてみろ。暖かい」

ウリの言うとおりだった。石の壁は暖かかった。いや、暖かいというより、熱かった。

あいつだ。

ウリにはわかった。これは、水の返礼なのだ。こちらから水を送ったように、あちらからは、暖かさを送ってきた。どうやってか、それはわからない。でも、あいつには、暖かさを送る力があるのだ。ウリは、胸がいっぱいになった。

石の壁に隔てられていても、こちらは、向こうを助けることができる。向こうも、こちらを助けることができる。

ウリは、石を拾った。

そして、冬になる前に覚えた言葉を叩いた。

『ありがとう』

何度か繰り返すと、聞き覚えのない音が返ってきた。

コン、コッ、コン。

ウリは、にっこり笑った。今度は、すぐにわかったからだ。

それが、『どういたしまして』という意味だと。

しばらくすると、本当に、冬が終わった。

それでも壁は、触れないほど熱いままだった。冬が終わっても、しばらくは肌寒い日々が続くので、ウリとマヤにとっては、大助かりだった。

ウリは、水運びを再開した。今度は、マヤと一緒に。ときおり、目と頭の痛みを訴えはしたものの、マヤも少しずつ、叩く言葉を覚え始めた。

毎日最初に岩壁に水をかける時、じゅっという音がして、熱い湿気が二人を包む。壁は、それほど熱くなっていた。あいつはどうやって壁を熱くできるのだろうと、ウリは首を捻った。一度会って、訊いてみたいものだ。

長く待つ必要はなかった。

岩の割れ目に染みこんだ水は、冬の間に凍った。

それで、厚い岩の内部には、たくさんのひび割れができた。

岩壁は、一方から熱せられ、一方からは、水で冷やされ続けた。

それで、ひび割れは、少しずつ伸び、少しずつ広がった。

だから、ウリが知らない間に、頑丈な壁が、脆くなっていたのだ。

ある日、ウリが、『元気だ』という言葉を叩いていると、壁が少し、揺れたような感じがした。

ウリは、驚いて、別の言葉を叩いた。コ、コーンコ。

『何だ？』

向こうからも、同じ答えが返ってきた。

『何だ？』

ウリの横で、マヤがまた別の言葉を叩いた。コンコココ？

『動く？』

返事が返ってきた。

『そうだ』

『壁、動く?』

『そうだ。壁、動く』

『大きく叩こう』

『そうだ。大きく叩こう』

大きく叩けば、壁が崩れるかもしれない! ウリとマヤは興奮して、湖に行く途中の道から、少し大きな石を拾ってきた。

そうして、二人がかりで、力任せに壁に打ちつけた。

ガチーン。

今度は、確かに壁が震えた。それだけではない。壁の上のほうから、ぱらぱらと、石のかけらが落ちてきた。

もう一度。

ガチーン。

ぱらぱら。

「壁、壊れる」

と、マヤが言った。

「そうだ。壊れる」

と、ウリが答えた。

三度、四度、五度。

ふたりは、夢中になって、石を壁にぶつけ続けた。そのたびに岩は少しずつ砕け、揺れた。大きな石の塊が壁から剥がれ落ちた時、向こうからも石を強くぶつける音が聞こえ始めた。

ゴーン。少し間をおいて、もう一度。ゴーン。

ガチーン、ガチーン、ゴーン。

バン、ガサッ、バラバラ、ガラガラ。

ウリの腕が痛くなってきた。頭も痛くて、何だか、目の奥が熱いような感じがする。

それでも、彼は叩くのをやめなかった。

ガチーン、ゴーン、ガチーン、ゴーン。

最近、何だか身体が弱っているらしいマヤが、首を振って、石から手を離した。

それでも、ウリはやめなかった。

『あいつ』もやめなかった。

ガチーン、ゴーン、ガチーン、ゴーン。

ババン、ガサガサ、バラッ、ガリガリ。

ついに、あいつに会えるかもしれない。壁の向こうの友に。

ガン、ガリッ、バリッ、バリバリバリバリ――。

ウリの足の上に破片が落ちてきて、彼は思わず飛び上がった。

手から石を落とし、もう叩くのをやめているのに、壁は、自分の重みで崩れ続ける。

ウリは、ふいに恐怖を感じた。こんなことをしたのは、正しかったのだろうか。もし、壁の向こうによくないものがあるというマヤの言い分が、当たっていたとしたら――。

ガラガラガラガラ――。

壁に、穴があいていた。ウリの顔くらいの高さ。顔くらいの大きさ。大きな石の塊が、壁の向こう側に剝がれ落ちて、ついに、穴が貫通したのだ。

ウリたちと、『あいつ』を繋ぐ穴が。

ウリは、穴のほうに顔を向けた。

マヤも、穴のほうに顔を向けていた。

「うわあああああ」

ウリは、悲鳴を上げた。マヤも悲鳴を上げた。二人は怯えて、湖のほうに走り出した。走って走って走って、別の横道に入り、それでもまだ、走り続けた。

コツン。

壁の向こうで、音がした。

『おれだ、ここにいる』

ウリは、壁のほうに顔を向けた。新しい横道、新しい住まい、新しい壁。穴のあいた古い住まいを避けて、二人でここに移ってきてから、何日か経つ。同じ音が繰り返された。

『おれだ、ここにいる』

ウリは、マヤと顔を見合わせた。

二人とも、壁を叩き返そうとはしなかった。壁の向こうは恐ろしい。あいつは恐ろしい。あいつは、いきなり、頭の中に入ってきた。

壁を叩く音は苛立たしげになり、それから、あきらめたのか、次第に遠ざかっていった。

「探してる」

と、マヤが言った。

「ああ、あいつ、探してる」

答えるウリの声は、震えを帯《お》びていた。

「見つからないようにしよう」

「そうだね」

「あの、痛いのはいらない」

「そうだね。熱くて、痛いのはいらない」

「あいつなんか、いらない。二人でいい」

二人は、身を寄せ合って、あの恐ろしい体験を思い起こした。

顔の前で爆発する白さと熱、鋭い痛み。頭の中で、ぐるぐる回る何か。あんなことは、生まれて初めてだった。

二人は、それぞれの両眼を擦った。

生まれてからずっと、光を知らなかった瞳を。ただ一度だけ、光を受けとめて、ひどく痛めつけられた瞳を。その恐ろしい痛みは、まだ、目蓋の奥に焼き付いているような気がする。岩の裂け目から、微かに洩れる光さえ、頭痛と目の痛みをもたらした。いきなり、強力に、大量に流れ込んだ視覚信号が、神経を引き裂き、脳を混乱させた。

二人は、生まれた時からなじんでいる安全な暗闇で、互いの身体を抱きしめた。魚を採るのも、苔をこそぐのも、水を汲むのも、二人は、暗闇の中でやってきた。

マヤのお腹は、もう、ずいぶん大きくなっていた。

ウリは、半ば無意識に、彼女のお腹を撫でた。

すると――。

マヤの身体の中から、ウリの掌を通じて、小さな言葉が返ってきた。

びくん。

『おれだ、ここにいる』

「そうだ」

嬉しくなったウリは、大きく頷いた。

「もう、あいつなんかいらない」

近世考古学者は、じっと、記者の目を見つめた。

「調査現場で孤立したわたしなど、どうということはない。サバイバルしたのは、たかだか一年足らずのことだ。もう何十年も、岩の中で暮らしている彼らに比べたら」

記者は、慎重に、言葉を選びながら、答えた。

「地滑りと溶岩流で、ドーム都市が地中に埋まった。入植初期のことでしたね。本当に、生き残りがいるんですか？」

「いるとも。飲料水の備蓄が尽きて、濾過《ろか》装置の修理をしている間、わたしが生き延びられたのは、彼らのおかげだよ」

トリヴィ記者は、岩の裂け目に踏み込んだ。岩壁の奥、ちょうど、顔の高さのところに穴があいていた。無理をすれば、人がなんとかくぐり抜けられるほどの大きさだ。岩面に反射した朝日が、穴の周囲を照らし出している。そこは、長い長い孤独なキャンプの間、固形燃料と崖に生えた生木で焚き火を続けたために、黒くすすけていた。

「彼らは、いま、どこに？」

記者の後ろから、近世考古学者が答えた。

「わからん。岩に穴をあけたとたん、何に驚いたのか、逃げていってしまった。ずいぶん探したんだが。ヘリに救助される前も、されてからも」

ヘリによる救出は、劇的なニュース種だった。四十年前の事故現場へ予備調査に行ったまま、一年近くも消息を絶っていた近世考古学者の生存は、ほぼ絶望視されていたのだ。だがサバイバルした本人は、救出されたのをあまり喜んでいないようにさえ見える。

「食料はあった。あのいまいましい粉末ポテトだの何だのだ。焚き火とシュラフで、暖を取ることもできた。わかるかね？　最悪なのは、飢えでも、渇きでも、冬の寒さでもなかった。孤独だ。ひとりぼっちでいたわたしの気が狂わなかったのは、ハンマーで会話ができたおかげなんだ。壁の向こうの――友達とね」

近世考古学者は、暖かみを感じとろうとするように、岩壁に手を触れた。それから、拾い上げた岩のかけらで、コツンと壁を叩いてみた。

もちろん、こたえは、返ってこなかった。

緊急避難

わたしは、あの異星人を守ったつもりだった。しかし、まさかの――。


マリガンは、優しいとも言える手つきで、相手が被っているプラスティックのマスクを引き剝がした。

「出て行け」

と、マリガン・レイクスは静かな声で言った。

「賭け金も払えねえような奴とは、ゲームはできねえ」

サグド人の青年は、頭の上のほうにある目で、うろたえたようにあたりを見回した。

敵意に満ちた環境だ。騒音。男たちが吐く煙草の煙と、腐敗臭に満ちた息。あちこちで、これ見よがしに盛り上がる、小山のような地球人の筋肉。

青年は、反射的に息を詰めた。

何て馬鹿なことを、自分はしていたんだろう。つまらない――おそらくはいかさまの――ギャンブルのために命を危険に晒すなんて、間抜けにも程がある。

逃げなければ。ここから、逃げ出さなければ。こんな状態で突っ立っていたら、あとわずかのうちに、致命的なダメージを受けることになる。

幸い、ドアは開いていた。誰かが開けっ放しにしておいたのだ。青年は慎重な、しかし素早い足取りで、ドアの方に向かった。

誰もついて来なかった。

しかし、框《かまち》をまたいだ時、彼のすぐ前に立ち塞がっている人影があった。

「おい、にいちゃん」

と、その地球人は言った。

「何を慌ててるんだね？」

サグド人の青年は見た。地球人の巨大な右手は、彼のほうに伸ばされようとしていた。肉の厚い掌が、危険極まる凶器を構成している。

地球人よりも遙かに速い感覚と思考力で、若者は知った。こいつは今、僕の肩に手をかけようとしている。

そして、僕の顔に、あの恐ろしい息を吐きかけてくるだろう。

身をかわすことはできなかった。彼の後ろで、ドアはいつの間にか閉じている。左右には、邪魔な鉄の手すりがある。逃げ道はどこにもない。

「やめろ」

と、彼は叫んだ。その叫び声は、地球人の注意を引くには小さすぎた。また、地球人の動作はあまりにも鈍く、すぐには前進を止められそうになかった。

若者は、右手を上げた。四本の指の先には、かたときも離したことのない、護身用速射レーザーがセットされている。

防護服を取り上げられた今は、グラブに取り付けられたレーザー用電磁レンズは使えない。

しかし至近距離なら、レンズなしでも役に立つはずだ。

青年は親指を軽く倒した。

目に見えない光線が宙を走り、地球人ラス・カンサカの額に黒い小さな穴をあけた。

運動中枢を焼かれた地球人は、声も出さずによろめき、入口階段の左側手すりにぶつかった。それから、尻もちをつくように、後ろ向きに倒れた。

サグド人の身体には、指一本触れずに。

不運な、通りがかりの商店主、ラス・カンサカ。

自分の頭がプラファルトに叩きつけられる前に、彼はこと切れていた。

「では博士」

と、シヴァルナ検察官は言った。

「あなたの種族にとって、人類の呼気は致命的だと言うのですな？」

サング・シャ・ドアル博士は、特別製のプラスティック・マスクを被った頭を頷かせた。マスクに組み込まれた拡声装置の助けを借りて、彼は普通の大きさに聞こえる声で答えた。

「おっしゃる通りです。さらにつけ加えるなら、防御システムを身につけていない場合、呼気だけでなく、人類とのあらゆる接触が――例えば、腕を掴まれるとか、肩を叩かれるとか、近くで声を出されるとか、そういった日常的な動作が――われわれサグド人にとっては、致命的になり得るのです」

検察官は情けなさそうな目で、サング・シャ・ドアル博士を見つめた。紛れもないヒューマノイドで、七千九百万光年もかなたの恒星系で進化したにしては、人類にそっくりだと言える。

人類――解剖学的には、極端にやせっぽちの人類に似ているはずだ。だが、『標準装備』を身につけた今、博士はどちらかと言えば、恒星空間用の倍力モジュールか、甲冑《かつちゆう》を身につけた中世の騎士に似ていた。

「道理で、逮捕に抵抗したわけだ」

と、検察官は首を横に振りながら言った。

問題のサグド人は、警官たちがそばへ寄ることを拒み、速射レーザーを撃ちまくりながら、大使館員ないしは異星生物専門家を呼ぶことを要求したのだ。彼の種族にしては、異常とも言える大声で。

警官たちは、何とか彼の言葉を聞き取った。幸か不幸か、彼らは、対異種族マニュアルを心得てもいた。政治的に面倒な問題を引き起こして、年金をフィにしたがるような警官はいない。そこで、要求通りサグド大使館に連絡がとられ、『標準装備』を持った大使館員が現場に駆けつけることになった。手早く『標準装備』を身につけたサグド人がようやく逮捕されたあとで、彼が帰化人――サグド星籍を離れ、地球人としての市民権を取得した若者であることが判明したのだが――。

「無理もありません」

と、サング・シャ・ドアル博士は悲しそうに言った。

「警官隊に殺到され、乱暴に手錠をかけられでもしたら、間違いなく彼の両腕は外れ、神経系統へのショックで、即死していたことでしょう。野次馬たちが、彼に手を出さなかったのは幸いでした」

「何て虚弱な」

シヴァルナ連邦検察官は、吐き捨てるように言った。言ってしまってから、自分でも驚いたように、慌てて弁解する。

「失礼。どうか、気を悪くなさらないで下さい。博士の種族を、侮辱するつもりはなかったのです」

「わかっています。あなたがた地球人に比べれば、確かにわれわれサグド人は虚弱と言えるでしょう。われわれは、そう呼ばれたからと言って、気を悪くしたりはしませんよ。事実、この装備がなければ——」

博士は、自らの『標準装備』ユニットを指差した。検察官は、そのユニットに、憂鬱《ゆううつ》な視線を向けた。

大気中の微量有害成分を除くためのマスクとフィルター。プラスティックのマスクは、一応地球人の顔に似せて加工してあった。但し、額にあたるところに、小さな覗き穴がふたつあいていて、頬のあたりには、フィルターつきの空気取り入れ口が並んでいるので、どちらかと言えば、サイボーグか、工事用ロボットの顔のように見えた。

骨格を保護し、弱い筋肉の力をサポートするための、金属鎧のような電動外骨格スーツ。スーツの外側に取り付けられた合成樹脂の防護板。このスーツのために、博士はひどくずんぐりした体形に見える。実際には、スーツの下に、オレンジ色の吸湿下着と、やせこけた肉体が隠されていることを、シヴァルナは知っていたが。

地球人の検察官が、中世の騎士を連想するのも無理はない。サグド人博士の身体で、外部に露出している部分は、一箇所としてなかった。地球の標準からすれば極端に虚弱な肉体を保護するためのメカニズムで、文字どおり全身を覆っているのだ。

「この装備がなければ、われわれは地球上で、十分と生き延びられないでしょう」

博士の言葉に追い打ちをかけられて、シヴァルナ検察官はうんざりしたようにため息をつくと、腕を組んで椅子の背に寄り掛かった。

「それでは、決まりだ」

と、低い声で言う。

「まず間違いなく、この件は、起訴できない」

「どういうことですか？」

興味深げな口調で、ドアル博士は尋ねた。

彼は、地球に来てもう三年になるのだ、と検察官は考えた。博士の言葉は流暢《りゆうちよう》で、感情さえこもっている。三年もの間、鎧にとじ込められて暮らすというのがどんな体験か、彼は想像してみようとした。

くそっ、ろくでもない体験に違いない。それなのに、サグド人留学生は、毎年続々と地球に送り込まれてくる。もっと少数だが、この博士のように、地球への移住を希望する者さえいる。われわれの星が、それほど魅力的だというのか？　地球の人類学や音楽、美術に、危険を犯しても見合うだけの価値があると言うのか？

「基礎的な法律の問題ですよ」

シヴァルナは、大きく両手を広げた。

「連邦刑法の規定です」

「ほほう」

ドアル博士はますます興味を惹かれたように、椅子の上で、身体を——ぴかぴか光る鎧を乗り出した。サグド人は伝統的に、論理学と情報工学に長《た》けている。それは、地球人が、いまだにサグドから学び続けている学問だった。ドアル博士の専門は地球人が得意とする比較異星人類学で、法律学ではなかったが、博士はさまざまな条文の綾《あや》と、時として不可解な適用の論理には、いつも魅力を感じていた。

「何と言いましたかな、ええと、正当防衛、でしたっけ」

「正確には、違います」

シヴァルナ検察官は顔を横に向けて、隣のビルから来る陽光の反射に、目を細めた。

全くいまいましいビルだ。壁一面を鏡張りにする必要がどこにある？

マスクと他の装備がなかったら、この太陽光線もまた、サグド人の皮膚に害を与えるはずだ。事件が起こったのは夕刻だったにもかかわらず、逮捕された殺人犯は、全身に軽い火傷を負っていた。

座ったまま、片手でちょっとブラインドを調節してから、シヴァルナは博士に説明した。

「正当防衛というのは、連邦刑法十七条の二に規定されているもので、条文はこうなっています。『急激、かつ悪意を持った侵害行為に対抗するための行為は、これを罰せず』」

ドアル博士は、身を乗り出したまま、頷いた。

「つまりこういうことですな。わたしに向かって、セラム・ナイフをかざした強盗が襲いかかってくる。わたしはあたりを見回すが、助けを求めるべき人はいない。わたしは強盗に殺されることを潔《いさぎよ》しとしないので、ポケットからレーザラーを取り出して、一発発射。強盗は絶命する。通常なら殺人罪だが、わたしは訴《そ》追《つい》されない。わたしのしたことは、刑法に規定された正当防衛にあたるから」

「その通りです」

シヴァルナは、特に目的もなく、デスクの上の電子メモ・パッドをいじくった。サグド人は頭がいい。今のは、ほぼ完璧な正当防衛の例示だ。

「そういうケースを、正当防衛と呼びます。その強盗の持っていたナイフが、実は軟質プラスティック製だったと判明したりすれば、あなたはいささか厄介なことになるかも知れませんがね」

いっそそうなればいいのに、というような目で、彼は博士を見つめた。もちろん、博士個人に恨みはないし、異星人に対する偏見も持っていないつもりだ。だが、今度の事件は、とんでもない前例になりかねない。捜査当局から見れば、人類がサグド人とつきあい始めたことは、必ずしも喜ばしいことではないとシヴァルナは思った。

「今回のケースは、少し違います」

メモパッドを弄びながら、シヴァルナ連邦検察官は言った。

「あの若者に対する侵害行為に、悪意はなかった。彼の前に立っていたのは、強盗でもなければ、ギャングでもない。ただの酒好きの商店主です。彼はただ店に入りたかっただけで、たまたまそこにあの若者が飛び出してきた。商店主は、通常の人間がするように、彼の肩に手をかけ、一言言葉をかけようと」

「それを実行していたら、その商店主のほうが、殺人者になっていたでしょうな」

と、ドアル博士が口を挟んだ。

「炭酸ガスと各種発酵ガス。それに、肩を砕かれることによる外傷性ショック。間違いなく、若者は死んでいたことでしょう」

「おっしゃる通りです」

シヴァルナは、メモパッドを放り出した。

「博士にお話をうかがって、わたしは確信を持ちました。そのサグド人は、自らの命を守るために、たまたま持っていた速射銃で、商店主を射殺したのです。だから、彼を訴追することはできない。これは、正当防衛ではなく、緊急避難にあたります」

「緊急避難？」

サグド人博士は、首を傾げた。

「その言葉は、聞いたことがありませんな」

シヴァルナはまた、窓の外を見た。まるで、そこに法律の条文が書いてあるとでも言うように。

「緊急避難。やはり、連邦刑法に規定されています。十七条の三です。条文を暗唱しましょうか？　こうです。『自己、または他人の身体、生命、財産を守るために、やむを得ず行なった行為は、これを罰せず』」

「なるほど」

ドアル博士のマスクが、前に傾いた。シヴァルナは、馬鹿にされているような気がした。芝居小屋の機械人形と話しているような気分だ。

「端的な例としてよく上げられるものは、こうです。海上で遭難事故があり、一人の男が、海に浮かんだ板切れにしがみついている。そこに、もう一人の遭難者が泳いできて、同じ板切れに取りつこうとする。板切れは小さくて、二人の男が掴まれば、水の中に沈んでしまう。最初の男は、このような立場に立たされた人間なら、当然するだろうことをします。二番目の男を殴りつけ、追い払うのです。二番目の男は、力尽きて沈んでいく」

「その場合、最初の男は、殺人罪には問われないわけですな」

と、ドアル博士は尋ねた。

「殺人罪にも、遺棄罪にも問われません」

と、連邦検察官は答えた。

「それは、緊急避難行為として、違法性を阻却《そきやく》されます。もちろん、行為の妥当性は常に議論の対象となる。他に代わるべき手段はなかったのか、本当に、生き延びるためのやむを得ぬ行為だったのか——。しかし、この場合は——」

検察官は、デスク上のディスプレイに映し出された調書を、軽く叩いた。

「問題ないでしょう。彼には、声を上げて警告する時間的余裕はなかった。酒場の入口は閉まっていて、両側に手すりがあり、身を避ける場所はなかった。不幸にして、商店主は気がつかなかったようだが、彼はたまたま右手に速射銃をセットしていた。速射銃のビームは細くて、一撃で殺さない限り、人間の動きを止めることはできない。だから彼は、身を守るための、唯一の手段を取った。商店主の眉間を撃ち抜いたんです」

シヴァルナは、あきらめたように肩をすくめた。

「だから、これは緊急避難行為です。起訴したとしても、どんな陪審員も、被告を有罪にはしないでしょう。賭けてもいいですが、博士、あなたは、被告側の証人として呼ばれますよ。博士は、このあたりではもっとも著名で学識のあるサグド人だ。この星の市民権を持ってもおられる。人類の握手やため息が、生身のサグド人にどういう危険を及ぼすか、証言する機会に恵まれるはずです」

「光栄ですな」

「だからわたしも、国選弁護人が気づく前にあなたのお話をうかがう気になったんです。この訴訟に見込みがあるかどうか、確かめるためにね」

デスクを軽く叩いてから、もう一度、肩をすくめる。

「見込みはない、ということがよくわかりました。当面、捜査は継続しますが、それも長いことではないでしょう」

「興味深い法理論ですね」

と、サグド人は感想を述べた。事実、博士はこの論理に興味を惹かれていた。ひょっとすると、うまく応用することが可能かもしれない。

「興味深い？」

シヴァルナ検察官はむっとしたように、ドアル博士のマスクを見つめた。

「興味深いもんですか。頭が痛くなりますよ。いいですか、博士。これは、前例になります。特定の状況のもとでなら、サグド人は、罪に問われることなく、誰かを殺すことができるんです。悪賢い連中がこれをほうっておくと思いますか？　一年もしてごらんなさい。街のあらゆるギャングどもが、サグド人の殺し屋か用心棒を抱え込むようになっているでしょうよ」

「ゆゆしき事態ですな」

本気なのか、それともからかっているのか、どちらともつかないような口調で、ドアル博士は言った。

「それでも、興味深いことにはかわりありませんよ。その緊急避難という法理論には、多くの矛盾点と、落とし穴が内包されているように思われます」

シヴァルナは、椅子から背中を離すと、デスクの上に肘をつき、顎を掌の上に乗せた。

「サグドには、そういう考え方はないのですか？」

「わたしは、法律には詳しくありませんが――」

ドアル博士は、プラスティックのマスクを、少し上向かせた。プリントされた偽物の目が、検察官のデスクの後ろに掲げられた秤のレリーフに向く。

「確か、そうした場合、われわれの法廷では、平衡の理論を用います。個々のケースによって、どちらの男が助かるべきだったかを判定するわけです。利害得失――社会にとって、どちらの男が生き残ることが望ましかったか、あるいは今後望ましいか。さらに、その判決が、社会に及ぼす影響はどうなのか。それによって、加害者が殺人罪に問われるか、無罪になるかが決まる。ごく単純化して言えば、こうです。社会にとってあまり役に立たない男が、役に立つ男を見殺しにした場合、それは罪になる。彼は自分が生き残ることによって、社会に損失をもたらしたわけですから。その逆の場合ならば、彼はやむを得ない状況のもと、社会にとって最良の選択をしたわけで、これは無罪。極めて簡単だと思いませんか？」

「不可能だ」

シヴァルナは、不快そうに鼻を鳴らした。

「命の価値を、定量的に測って比較することなど、できるはずがない」

「不可能ではありません」

と、サグド人は答えた。

「論理の積み重ねと、高速コンピューターが、膨大な因子の解析を可能にします。過去の功績を測り、比較し、未来の展開を外挿《がいそう》して、将来の利益を計算する。ある人間、あるいは物象の詳細なデータがあれば、将来どのようなことが起こり得るか、その蓋然《がいぜん》性がどの程度か、かなり緻密な予測を立てることができます。実際の話、正当防衛や緊急避難に限らず、いかなる殺人も、同じ理論に従って裁かれるのです。殺人性行を持った人間は、一般的には社会の害毒となりがちですから、殺人者が無罪になる確率はひどく低いですがね」

「残念ながら、今回の事件は地球で起こり、加害者も地球籍を得ている」

シヴァルナ検察官は頭を振った。

「従って、お国の法体系で裁くことはできそうにありませんね。連邦刑法を適用するしかないでしょう。つまり、起訴しても加害者は無罪になるということです。特殊な虚弱体質者の緊急避難行為としてね」

「本当の加害者はどうなんです？」

ドアル博士はいきなり核心を突いた。シヴァルナ検察官は、ぎくりとしたようだった。顎を掌から浮かせて、値踏みするように、サグド人学者の『装備』を見つめる。

「本当の加害者？　どうして、そんなことをおっしゃるんです？」

「誰か、この事件を仕組んだ者がいるはずだからです」

と、博士は穏やかに答えた。地球人の検察官は、自分のオフィス内に視線をさまよわせながら、微かに首を振った。

「マスコミの言うことなど、信用しないで下さいよ。連中がどんなだか、あなただって――」

「マスコミは関係ありません」

ドアル博士は、慎重に、椅子に座り直した。

「わたしは、うかがったお話から判断して、この事件には裏があるはずだと申し上げているのです」

「なぜです？」

シヴァルナは、強い語気で尋ねた。起訴できない以上、彼はこの事件の背景を、ダイオワ大学のサグド人研究者なんぞに打ち明けるつもりはなかった。ドアル博士にとってこれは、自分の種族の名誉の問題かもしれない。が、シヴァルナにとっては、ことは公安と社会秩序の問題だった。

「どこから、この事件に裏があるなんて考えを掘り出してきたんです？」

「いくつか、不可解な点があります」

と、サグド人科学者は言った。

「まず、そのサグド人は、どうして装備を外した状態で、その酒場から飛び出してきたのか？　サグド人が装備を外すには、よほどのことがなければなりません。ちょっと間違えれば、命を落とすことにもなりかねないのですから」

「証人の話だと、賭けに負けたんだそうです」

シヴァルナはまた、メモパッドを取り上げた。裏返して、分子ウェハー用のスロットをじっと見つめる。

「カードゲームで、身ぐるみ剝がれたというわけですな。それでも、若者は、勝負を続けたがった。『装備』を取り戻したかったのかも知れませんが、無鉄砲な奴だ」

「同感です」

と、ドアル博士は言った。

「しかし、どこの種族も同じで、若者は無鉄砲なものですよ」

「サグド人のような論理的な種族でも、賭けごとをする輩がいるんですね」

「もちろん。むしろ、論理的な教育を受けて来た者の宿命かも知れません。不確定性に憧れ、魅力を感じる者は、非常に多いのですよ」

「そんなものですかね。とにかく、その若者は、『装備』を脱ぎ捨てて、賭けの相手に渡し、勝負を続けた」

「マスクは？」

ドアル博士の質問を受けて、シヴァルナ検察官は、覚え込んでいる調書の内容を、もう一度思い返した。デスクの上のディスプレイには、目もくれない。

「それだけは、つけていたようです。それでも、彼は負け続けた。そのうちに、あまりにも借金の額が膨れ上がったので、とうとう賭けの相手が——マリガンというちんぴらですが——彼からマスクを取り上げ、出て行けと言った」

「そこがまた、妙ですな」

と、ドアル博士は口を挟んだ。

「どうして彼は、その瞬間になって、出て行けと言ったんでしょう」

「その瞬間とは？」

自分も、かつて同じ疑問を持ったことがあるにもかかわらず、シヴァルナ検察官はしらばっくれた。

「つまり、なぜ、それまで待ったかと言うことですよ」

ドアル博士は、生真面目に説明した。

「金がなくなったら、すぐに出て行けと言うのが普通でしょう？　なぜ、そのマリガンは、しばらく賭けを続けさせておいてから、突然マスクを奪ったりしたのでしょう」

「サグド人の負けが込んできたからだと、本人は言ってますがね。とても支払いができない額に達しそうになったからだと」

シヴァルナは、疑うように、サグド人科学者のマスクを眺めた。自分はなぜ、こんなことを話しているのだろうと思う。この先生から、もう必要な話は聞いた。これ以上お喋りしていても、何の収穫もないだろう。ドアル博士は、シヴァルナの動作を真似て、金属の肩をすくめた。

「マスクを奪ったというのも妙です」

「どこかに持ち込めば、金になると思ったのかも知れません」

「金に？　サグド人以外には、無用の長物ですよ。金に替えるなら、超小型の指先レーザーのほうが、よほど有望です」

「きっと、見落としたんでしょう。武器だとは気がつかなかったんです」

「サグド人が、護身用にそれを持っていることは、有名ですがね。わたしも持っています。それはともかく――」

ドアル博士は、金属製の倍力グラブで、自分のマスクを叩いた。

「『装備』をつけていないサグド人の顔から、地球人の力でマスクを外せば、それこそ、致命的なことになりかねません。マスクのストラップで頭蓋骨が破壊されるかもしれないし、顔面を潰されることになるかもしれない。それを避けるためには、よほど注意深くマスクを扱わなければなりません。驚くべきことに、そのマリガンという男はそれに成功したようですね。怒りに任せてできることとは思えません」

「なるほど」

シヴァルナは、ドアル博士の無表情なマスクを眺めた。彼もその点は見逃していた。他にどれぐらい、見逃した点があるのだろう。

「さらに、閉まっていたドアの問題があります。それは自動ドアでしたか？」

「いいえ」

検察官は、首を横に振った。

「手動開閉式のドアです」

「『装備』をつけていないサグド人には、地球の重いドアを開閉する力はない。ということは、誰かがそれを開け、若者が通ってから、また閉めたということになる。まるで、彼の退路を断つような形で」

　ドアル博士の言葉に、シヴァルナは納得したように頷いた。それこそ、彼が考えていたことだった。

「どうなんです？」

　と、サグド人の科学者は穏やかに言った。

「この事件には、やはり裏があるのでしょう？」

「わかりました。わかりましたよ」

　シヴァルナ検察官は、背中をまっすぐに伸ばした。

「おっしゃる通りです。殺された商店主、ラス・カンサカは、犯罪組織の手で、計画的に殺されたものと、われわれは見ています。彼は、ある組織に『保護料』を払うのを拒絶していました。そのために、見せしめとして殺されたのです。首謀者の目星もついています。ライル・カイグレンという、組織の幹部で、汚い仕事ばかりに手を染めている男です。マリガンとは、かなり以前からつきあいがあります」

「それがわかっているなら――」

「なぜ、その線で立件しないのか、ですか？」

　検察官は、ディスプレイ・ボードを掌で叩いた。

「証拠がないからです。いや、それ以前に、因果関係の立証ができない。街のばくち打ちが、賭けに負けた若者を通りに放り出したからと言って、それが殺人の実行行為だなんて、誰に証明できるでしょう。商店主のラスが、毎夕酒場のドアをくぐる時間を決めていたことは事実です。そして、マリガンは外の通りを見渡せる席に座っていた。だから彼は、ちょうどいいタイミングをはかって、サグド人を外に放り出すことができた。奴がいかさまカードの技術を持っていたことも、間違いない。だが、それだけでは――明確な殺人の意図を持って、サグドの若者から『装備』を巻き上げ、ちょうどいい時間に、彼が出て行くように仕向けたとは――到底立証できないでしょう」

「彼の話を聞いてみたのですか？」

「何も言いやしませんよ。それに、殺人事件としての立件ができない以上、奴を証人として喚問することもできない。緊急避難行為であることがはっきりしているので、捜査の継続自体が難しいのです。精神障害者などを道具として使う犯罪については、もっと法体系も整備されているのですが、今回のケースでは――」

「手の打ちようがない、と」

「その通り。申し上げた通り、市警察は依然として事件の背景を探り続けていますが、役に立つ情報を掴む可能性は、万に一つもないでしょう。捜査が打ち切られるのも、時間の問題ですよ」

「残念ですな」

と、ドアル博士は言った。

「あなたがたにとっても、わたしの種族にとっても」

「そう、大変残念なことです」

シヴァルナ検察官は、ディスプレイのキーを叩き、調書のイメージを消去した。早く帰ってくれと言わんばかりに、オフィスのドアのほうをちらっと見る。検察官として彼が抱えている事件は、商店主殺害事件だけではない。実のところ、重大犯罪の長いリストが、貪欲な分子ディスク・ポッドの中で、彼に目を通されるのを待っているのだ。見込みのない事件にいつまでも関わっているわけにはいかない。だが、サグド人博士はまだ喋り続けていた。

「こんなことをお願いする資格がないのはわかっていますが、捜査に何か進展があったら、お知らせいただけませんか？」

「なぜです？」

と、シヴァルナ検察官は言った。失礼だとは思ったが、問い返さずにはいられなかった。この学者は、一体何を言おうとしているのか――。

「なぜ、そんなことを？」

ドアル博士は、じっと検察官の顔を見つめた。それから、相変わらず穏やかな声で答えた。

「わたしでも、何かのお役に立てるかもしれないからです」

役に？

シヴァルナは苛立ちを感じた。何の役に立つというのか。この事件はもう、埋葬されたも同然だ。これが悪しき前例となることは、避けられそうにない。いくら、サグド人が論理学と情報工学に長けているからと言って、何もできるはずはない。

だが、溺れる者は何とやらということわざもある。シヴァルナは、うんざりしたように肩をすくめながら、答えた。

「いいでしょう。何かあったら、お知らせすることにしますよ」

翌週、シヴァルナ検察官は、大学にいるドアル博士にビデオフォンをかけ、捜査の打ち切りを伝えた。

「打ち切り？」

ドアル博士は落ち着いた声で問い返した。

「例のギャング、ライル・カイグレンはどうなりました？」

「別に」

シヴァルナは感情を抑えて答えた。

「ライルが、ラス・カンサカを脅迫していたことは立証できます。マリガンに金を与えていたことも。さらに市警察は、ライルが二カ月ほど前に、刑法典と、サグド人の生物学的特質に関する研究ディスクを買い込んでいることもつきとめました。奴は今度のことを、面白い実験だと考えていたようです」

「それで？」

「それだけですよ、博士。ゼロをいくつ集めても、百にはなりません。ライルとサグド人の若者の繋がりはゼロです。マリガンにとっても、サグド人は、最近知り合ったバクチのカモというだけのことだ。ライルやマリガンが若者を脅迫した事実もなければ、暗示を与えたり、金品を渡したり、ましてや殺人を教唆《きょうさ》した事実もない。言ったでしょう？　捜査は打ち切られたんですよ」

　ビデオフォンのスクリーンに映る博士の映像は、しばし静止した。

「マリガンが、わざとその時間に若者を追い出したのは事実なんでしょう？」

「そのことをあなたは知っているし、われわれにもわかっている」

　いまいましげにシヴァルナ検察官は答えた。

「しかし、立証できません。さっき言ったように、マリガンは彼を追い出しただけで殺人を命じたわけじゃない。因果関係が希薄すぎます」

　ドアル博士は、またしばらく沈黙した。それから頭を軽く振りながら、言い出した。

「こういう場合だったら、どうでしょう。マリガンが狂犬を飼っていて、ラス・カンサカがバーに入って来る瞬間にその犬を離したとしたら――」

「残念ながら、博士」

と、シヴァルナは説明した。

「サグド人の若者は犬ではない。自分の判断で行動する、一人の人間です。彼の行動は、マリガンの行為の延長ではなくて、彼自身の行為として捉えるべきです。従って、彼がラス・カンサカを撃ち殺したことについて、マリガンの――ましてやライルの――責任を問うことはできません。従って、捜査打ち切り。この件に関する限り、当局にできることは、もうありません」

「よくわかりました」

と、ドアル博士は答えた。

「わざわざお知らせ下さって、どうもありがとうございます」

「どういたしまして」

灰色に変わったビデオスクリーンを眺めながら、シヴァルナ検察官は顔をしかめた。

あの先生、一体どういうつもりなのだろう。

文化人類学専攻のサグド人研究者が、なぜそんなに、殺人事件の結末にこだわるのだ？　サグド人が絡んでいるからか、それとも、単なる道楽――得意の論理のお遊びか？

シヴァルナは、ひとり肩をすくめた。

それから、郊外の特定地域で発生している連続殺人事件の資料を、ディスプレイに呼び出した。

あいにく、自分にとってはこれは道楽などではない、と、彼は思った。あれも、これも、それも、あらゆる重大犯罪が自分の仕事なのだ。

くそいまいましい、仕事というやつなのだから。

「なぜです？」

シヴァルナ検察官は、疲れた目を、『標準装備』を身につけたサグド人に向けた。

「なぜ、あなたはこんなことを？」

「意外な質問ですな」

と、ドアル博士は興味深そうに言った。

「あなたなら、すぐに理解できると思っていましたが」

「理解できるわけがないでしょう」

シヴァルナは頭を振った。

「あなたはわたしの仕事を増やしただけだ。わたしに、どう理解しろとおっしゃるんです？」

「あなたの仕事は増えませんよ」

　サグド人は、自分の『標準装備』——防護服の、倍力グラブのあたりに視線を注いだ。指先のレンズがきらりと光る。しかし、その下のレーザー発射装置は、既に市警察の手によって注意深く取り外され、押収されていた。マリガン・レイクスと、ライル・カイグレンを殺害した凶器として。殺人事件の、重要な証拠物件として。

「なぜ？」

　と、シヴァルナ検察官は厳しい声で言った。

「あなたには、わたしを起訴できないから」

　と、ドアル博士は答えた。

「起訴できない？」

　シヴァルナは、鼻を鳴らした。

「一体誰が、あなたの頭にそんな考えを吹き込んだんです。われわれが、あなたを起訴できない、なんて。マリガンとライルは、確かにこの街のクズだ。しかし、だからと言って、彼らを気楽に射殺してもいいということにはなりません。お国ではどうだか知りませんが、それがわれわれの——そして、この星の市民権を持つあなたの——法律というものです」

「わたしの頭に、この考えを吹き込んだのは」

と、博士は答えた。

「あなたです」

二人は、しばらく睨み合った。シヴァルナ検察官が取り調べ室の汚れた机ごしに睨んだのは、マスクにプリントされた瞳ではなく、サグド人の本当の目——額の小さな穴から覗く、黒い視神経柄だった。

「緊急避難、ですか」

と、やがてシヴァルナは吐き捨てた。

「緊急避難、です」

と、サグド人はこともなげに答えた。

「緊急避難は成立しません」

シヴァルナ検察官は、指先で電子メモ・パッドを叩いた。

「博士、あなたがふたりの前でマスクを外したのは、自発的な行為で、彼らに強制されたわけではありません。それが、なぜ緊急避難になるんです？」

「なりませんか？」

相変わらず、サグド人の学究は落ち着き払っている。

「なるものか!」

シヴァルナ検察官は、激しい怒りを込めて叫んだ。

「そいつは、刃物を構えた強盗が、相手が銃を出しそうになったからと言って、そいつを刺し殺すようなものだ。生命の危険を招いたのは、博士、あなたなのです」

「いいえ」

と、サング・シャ・ドアル博士は主張した。

「危険を招いたのは、ギャングたちの方です」

「どんな危険を?」

シヴァルナは、信じられないという口調で問い返す。

「彼らが、どんな危険を招いたというのです?」

「わたしに、というより、われわれサグド人に対する危険です」

微かに金属的なところのある拡声器の声で、博士は説明した。

「わたしが彼らを殺さなければ、どんなことが起こったでしょう? わが同朋であるあの若者が無罪放免になれば、ギャングどもは、興味深い事実に気づくことになる。虚弱体質のサグド人が、これまでになかったような種類の凶器になり得るという事実に。それを教えてくれたのは、検察官、あなたですよ」

検察官の顔が、赤くなった。

「それはそうだが、しかし――」

「わたしは、自分で作成した論理プログラムと、大学のコンピュータを使って、解析してみました」

　検察官の言葉を無視して、サグド人は話を続けた。

「サグド人たちが、特殊な殺し屋として、いかがわしい連中に利用されるようになる可能性は、九十パーセント以上です」

　シヴァルナ検察官は、口を開けた。言葉が出て来ない。この男は、コンピュータで計算した統計数値に基づいて、殺人を犯したというのか？

「さらに、その結果、この星でサグド人排撃運動が起こる確率は、九十七パーセント。排撃運動によって、複数のサグド人が強奪され、殺され、負傷させられる可能性が、九十八パーセント。殺害されるサグド人の期待数値は、五・二二人です」

「単なる予測だ――」

「蓋然性の高い予測です。わたしは計算結果をあらゆる角度からチェックしましたし、地球人の研究施設にも検証してもらいました。誤差は二パーセント以内です。これは、数学的に証明できます」

　確かにそうだろう、と検察官は思った。まさにそれが、シヴァルナの危惧していた事態ではなかったか。

「わたしの、ささやかな仕事によって——」

ドアル博士は、謙遜するように小さく頷いた。

「その蓋然性は、ほとんど無視し得るまでに下がりました。わたしが無罪になれば、ギャングどもは、汚い仕事にサグド人を利用することをしなくなるでしょう。今後、もしそういうことがあれば、別のサグド人が、わたしと同じことをするでしょうから。彼らにもそれはわかるはずです。この確率は、九十六パーセントを少し上回ります。検察官、もう一度、例の条文を言ってみて下さい」

相手が緊急避難に関する連邦刑法条文について言っているのだとシヴァルナが気づくまでに、少々時間がかかった。

検察官は、机の傷跡をなぞりながら、該当の条文を暗唱した。

「自己、または他人の身体、生命、財産を守るために、やむを得ず行なった行為は、これを罰せず」

また、ドアル博士は頷いた。

「わたしは、死亡が予想されるサグド人五・二二人の生命を守るために、あの二人を殺害しました。それでも、あなたはわたしを起訴できますか？」

「わかってるんですか？」

シヴァルナは、泣き出しそうな声で言った。

「あなたを起訴し、有罪にすれば、あなたの論理は成り立たなくなるんですよ。あなたが有罪になれば、今後、ギャングを殺すサグド人は出ないでしょう。そうなると、あなたの行為は、犯罪抑止という意味を持たなくなる。サグド人を凶器として利用しようとするギャングどもに、恐れる理由がなくなるからです。それなのに、あなたは――」

ドアル博士は、じっと検察官を見つめて待っていた。彼が、正邪と得失を秤にかけ、自分の質問に答えるのを。

シヴァルナ連邦検察官は、必死で考えていた。博士の予測が正しいとしたら――おそらく、正しいのだろうが――他に、どんな選択の途があったか――。サグド人にとって、予測は単なる予測ではない。われわれ地球人が、銃を構えたギャングを目の前にしたのと同じ現実感と切迫感を持って、博士は同朋の生命の危険を『知った』のだ。ドアル博士とは別の専門家が、それを証言するだろう。法廷は、可能性と因果関係に関する議論の場となり、そして――。

「いいでしょう」

やがて、シヴァルナは言った。

「わたしには、起訴できない」

「ありがとう」

と、ドアル博士は言った。

「非常に賢明な選択です」

そうだろうか、と、シヴァルナ検察官は、汗をかきながら自問した。

地球人は、サグド人から、複合論理学と情報工学を学び続けている。今後、ドアル博士と同じように、将来的な生命の損失、身体の危険を予測し、数学的に証明する者が現われたら——そして、その証明に基づいて、危険要素の除去——殺人を犯す者が出て来たら。

ひょっとすると、自分は、とんでもない扉を開いてしまったのではないだろうか？

新しい、情報工学的な殺人動機の扉を。

「自己、または他人の身体、生命、財産を守るために、やむを得ず行なった行為は、これを罰せず」

と、検察官は呟いた。

そして思った。将来、同様な事件が発生することを防ぐために、自分はどうするべきだろうか？　あるいは、博士のマスクを剝ぎ取るべきかもしれない。

今、この場で。

シヴァルナは、中世の騎士然としたドアル博士の『標準装備』を見つめた。あそこのネジを緩め、マスクのストラップを引っ張れば——。

だが、シヴァルナ検察官には、どうしてもできなかった。

「緊急避難」

と、ドアル博士は呟いた。

「矛盾に満ちた、しかしまことに興味深い法理論ですな」

「興味深いもんですか」

と、検察官は答えた。

YOUCHAN

ラスト・メディア

あらゆる通信手段が絶たれても、あと一つだけ希望があった――。


「ご苦労であった」

ネル国王は、謁見《えっけん》の間のプラスティック椅子にかけたまま、軽く右手を挙げた。

すり切れたアクリル絨毯《じゅうたん》の床に跪いた使者は、頭を垂れたまま、答えない。国王は、よく響く声で言葉を続けた。

「面を上げよ。直答を許す」

使者は、おそるおそるといった仕草で顔を上げ、蚊の鳴くような声で答えた。

「はっ。恐悦至極に存じます」

まだ若い男だ。浅黒く、意思の強そうな顔に、汗が光っている。国王の胸の裡《うち》に、悲しみと諦念がわき上がった。ハノウマ騎士団長も、もう少し分別があってよさそうなものを。何もこんな若い男を――。

しかし、隣接する都市国家の長を責めるのは筋違いというものだ。返答を急ぐよう要請したのは自分のほうだし、立場が逆だったら、自分も同じことをしただろう。ハノウマ騎士国までの道程は、晴れなら一日、雨なら一日半。それは、若く健康な男が走っての話だ。年配の者を使えば、その倍近くかかろうし、夜盗団に捕まる危険性も高くなる。

ネル国王は、使者を見下ろした。相手は、強大な――少なくとも、かつては強大であった――都市国家の元首と視線を合わせようとはせず、色あせた絨毯の花模様を睨みすえている。

今度の要請は、どうしても必要だったのだ。ハノウマの助けを借りられなければ、わが国の通信網の三十パーセントは途絶する。そうなれば、もっと多くの使者、もっと多くの伝令官を置かなければならない。しかも、正確に伝達すべき情報の大半が伝達過程で変質し、事故や行き違いの原因となるだろう。ネル国王は、高貴な身を震わせた。都市の崩壊の始まりだ。

この男も、自分で志願したのだ。ねんごろな手当も出る。国王は、そう自分に言い聞かせ、ささやかな慰めとした。

「では、聞こう」

使者は、ごくりと唾を飲み込んでから、話し始めた。

「いとも賢きネル国王陛下にあらせられては、お変わりなくご健勝のよし、まずは欣快《きんかい》至極に存ずる。光に満ちた都市、ブンキーはさらなる栄光を加え、帯なす地下水脈の恵みに、街路樹は緑の炎をあざむく。その国土は——」

ネル国王は、右手で素早く空を切り、使者の言葉を遮った。

「騎士団長のご丁重なる挨拶には痛み入る。しかし、そこは短くはしょって、本題に入ってはくれぬか。ことは急を要するのだ」

「御意」

使者は目を伏せ、しばらく考えていた。それから、意を決したように、言葉を紡ぎだした。

「都市通信網に関するご憂慮、わがことのごとくわかり申す。まことに同情に堪えぬ事態なり。わが国も同様の状況ながら、幸いにいささかの部品備蓄あり、幾分なりともお力になれるは光栄なり。ここに、ご要望の通信制御部品rr-21をお贈りするとともに、謹《つつし》んで陛下のご健勝と国土のご発展を祈る」

ネル国王は、ほーっと溜めていた息を吐いた。

「かたじけない」

と、震える声でつぶやく。

「まこと、義理がたく高潔なる騎士よ。立派な男だ」

これで、どうにかひと息つける。都市の北東セグメントをカバーするマルチプロトコル・ルータは、耐用年数の何倍もの年月を生き延びてきて、最近ついに末期《まつご》の息を引きとらんとしているのだ。マッセル自由州からも、フリーゼ共和都市からも援助を断られ、残る頼みの綱はハノウマ騎士国だけとなった矢先だった。装身具、陶器、刀剣類など、産品のほとんどがわがブンキーと共通するハノウマは、交易相手というよりは競争相手であり、日頃の交流はさかんではなかった。

高潔、廉直の評判が高い騎士団長の人柄にすがってはみたものの、結果がどう出るか、今の今までわからなかったのだ。よしんば騎士団長に援助する気があったところで、部品がないという事態ももちろん考えられた。ところが、何とrr-21は存在し、騎士団長はそれを提供してくれるというのだ。国王は、口に出さずに感謝の祈りを捧げ、使者に向かって頭を下げた。

「これで助かる。徳高き騎士団長に祝福のあらんことを」

使者は、騎士団長の名代として、身を低くして賛辞を受けた。

それから、ゆっくりと言葉を続けた。

「ハノウマ騎士団長として、通信制御部品の提供については、いっさいの見返りをご辞退申し上げる。しかしながら――」

しかしながら？

国王は、はっとして使者を見つめた。まさか、この時期に、何かつけいるような要求をしてくるのでは？

「しかしながら、もし、国王陛下に、お手をさしのべて頂けるのならば、騎士団からの全く別個の嘆願として、次に述べることをご高配願いたい。すなわち、わが国の水道浄化システムは、現在停止の危機に直面しており、もし、お手持ちの分子交換膜フィルターに余分があるならば、その一部をお回し願えまいか。これは決して交換条件にあらず、ただご厚意にすがるのみ。少しでもフィルターを拝借できるならば、全騎士団員が、貴国に永劫の感謝を捧げるであろう。併せて、貴国のフィルターにつき、詳細成分と仕様をお知らせ願えれば幸甚である」

使者は、ここで頭を下げ、伝えるべき言葉をすべて言い終えたことを示した。

ネル国王は、騎士団長が、この機に乗じて金銭や産品の要求をしてくるのではないかと疑った自分を恥じた。

ハノウマ騎士国もまた、別種の危機に直面しているのだ。

ブンキーの水道状態は、他国よりだいぶましだ。まず、供給大臣に諮問《しもん》する必要はあるが、たぶん、何とかなるだろう。

「御前に」

と、使者が言った。

「許す」

と、国王は答えた。

使者は、しずしずと進み出て、懐《ふところ》から弁当箱ぐらいの包みを出し、国王の足下に置いた。それから、這うようにあとじさる。

包みを見て、王の目が輝いた。

あれこそ、喉から手の出るほど欲しかった部品だ。薄黄色の、奇妙な線文様の紙にくるまれている。

が、じかにそれに触れるほど、国王は不作法でも無分別でもなかった。

その代わりに、彼は手を叩き、従者を呼んだ。

警備団長のネクトは、寄り添う影のように、国王の傍らに立った。

「御意」

「この者を」

と、国王は静かな声で言った。

「もてなしてやれ。特にねんごろにな」

使者は、初めて王と視線を合わせた。どちらも、相手の義務を心得ていた。重大な使者として立ち、国家機密を知ってしまった者は、酒と料理、それに夜伽《よとぎ》の供応を受けた後、決して目覚めることはない。

慈悲深く、苦痛のない方法で殺されるのだ。

都市機能の衰退という、大規模なパニックを呼びかねない事実を知ってしまった使者は、もはや人と交わることは許されない。牢獄に幽閉しても、幾分かの危険が残る。だから、第一優先事項の使者に選ばれるということは、栄誉と、富と、同時に死を意味するのだった。

使者による口頭伝達。

義務として、自分の都市を離れることのできない元首が、他国の首長たちと隠密に意思を通わせる手段は、いまやそれしか残っていなかった。

かつて、世界中を網の目のように覆っていた都市間の通信線は、とうの昔にすべて途絶してしまっている。

かつて、すべての人々が、無線・有線で繋ぎ合わされ、五感の情報全てを自在にやりとりしていた時代があった。

しかし、あのウィルスの年、突然変異によって生き残った者たちは、まず、邪悪な知識の源をすべて焼きはらった。その日から、技術は、使うだけのものとなり、補充したり、修理したりする人材が、次第に底を尽いてきたのだ。断線した地下ケーブルや、破壊された無線通信設備を復興することはできなかった。都市内のマルチメディア通信網は、まだかろうじて残っているものの、都市間通信は死に絶えてから長い。

だから王たちは、最後の情報媒介者である、使者を立てるしかないのだ。一度の重要連絡が、一人の命を奪うことを承知していながら。

「かたじけない」

国王は、使者の肩に手を置いた。使者は、ネル国王の瞳に、確かに光るものを認めたと思った。

古びたプラスティック天蓋《てんがい》つきの広場。同じような広場は、都市の中に他に五ヵ所ほどある。

ここ、コクジ広場の中央に設置された三面スクリーンのうちの一つは、もはや光を失って久しい。太陽発電器はまだ何とか動いていて、電力は供給され続けているものの、壊れた機器を修理する職人もいなければ、機材も尽きている。そして、複雑なエレクトロニクス装置を一から組み上げる技術力は、どの都市国家からも失われていた。

それでも、残る二面のスクリーンは、何とか機能していた。

広場には市民たちが詰めかけ、ちらつき、歪む巨大なスクリーンに映る都市国家元首の映像を見上げている。

白髪も薄くなり、皺の刻まれた皮膚は張りを失っていたものの、ネル国王の灰色の瞳は、いまだ、知恵と意思の光を宿していた。

「市民諸君」

と、国王は、深みのある声で告げた。

「神の御恵みにより、わが都市は、ほぼ完全に機能を継続している。頻発した通信不良も、容易に原因をつきとめることができ、完全に収拾された。本日、コクジ広場とオッカ広場の市民諸君も、余の姿を見ていることと思う」

広場を埋める人垣から、抑えた歓声が上がった。確かに、先週とその前は、映像がまったく届かず、途切れがちな音声だけの伝達式であったのだ。明らかな通信不調だった。その結果、不穏な噂がいくつも流れ、町を捨てようという動きまであった。コクジ、オッカの二区画が、都市の供給情報網から切り放されようとしているという話が、まことしやかに囁かれていたのだ。公安警察はすでにこの区画から撤収しているだの、ガス管の修理に失敗しいつ地下爆発があるかわからないだの、水道水が腐っているのに誰かがその情報を握りつぶしただのという、無責任な噂まで流れていた。町内会のメンバーが噂の真偽を確かめようとしても、ホットラインはなかなか繋がらなかった。その結果、いくつかの商店は、実際に不平分子の襲撃を受けていたのだ。

事態が収拾されたというのは、結構なことだった。都市生活は危険と緊張に満ちている。情報の流れが止まったら、大変な事故が発生しかねない。

「では、今週の重要事項を伝達する」

国王は、プロンプターに視線を落としもせずに告げた。

「サナガ区の救急病院は、機能を回復した。データベースとの連結も保たれている。音声カルテ移送体制回復。内科、外科、産科の患者は、いつでも来院することを許される」

感謝の祈りが、あちこちで捧げられた。機能している病院の数は、あまりにも少ない。難病を抱えていたり、出産間近だったりの人々にとっては、病院の稼働状況は、死活問題なのだ。

国王は、伝達を続けた。

「次のマーケットには、イセムからの魚が入荷している。コクジ南、サムノ第一、キロク、サナ、インバ。次のマーケットには、生鮮野菜が入荷している。ロバノ、スタッカ中央、センバ右、イスロッソ。また、乳製品は、イエドナ、粉ミルクは、コクジ南、サナガ、インバで、本日二時から配給される。医薬品は、先週に引き続き、ロクス区民病院、オツカ薬局、レフロイ橋で頒布される」

広場に集まった人々は、国王の声に耳を澄ませ、それぞれ自分が担当している分野の情報を覚え込むのに必死だった。家族のいる者は家族で、いない者は隣組で、分担して情報を記憶する。昔のように、いつでも必要な情報が引き出せる環境にない以上、そうするしかなかったのだ。まだ機能している電子記録装置はごくわずかで、国家の重要情報を記録するために、すべて徴発《ちょうはつ》されている。家庭用需要をまかなえるだけの機材は、もうどこにもないのだ。

だから、人々は分担して、大事な情報を覚えこむ。ある者は食品を担当し、ある者は医薬品を担当し、ある者は気象を担当した。担当分野の情報をしっかり覚えていて、いつでも聞かれれば答えられるようにしておかなければならない。それが、担当者の義務なのだった。

かつて、すべての人が無線ネットワークで繋がり、ただそう望むだけで、いくつもあるサーバーから自在にマルチメディア情報を引き出せる時代があった。その当時の記憶を留める者は、わずかしかいない。

「イエドナ西通りにおいては、水道水を飲んではならぬ。消毒が不十分な可能性あり、現在調査中である。近隣マーケットにてペットボトルを配給するにつき、利用されたい。インバ東地区で、ガス漏れが発生している。避難勧告はすでに出された。ロバノ公安警察署は、本日づけで閉鎖する。陶器材料の入荷は相変わらず遅れているが、来週早々にも陸揚げ開始予定。いましばらく、待たれたい。鉄は、コクジ北とセンバ中、サムノ第二で手に入れることができる」

国王の映像放送は、延々と続いた。広場の人々は、自分の役目が終わった者から、三々五々、家路についていく。

最後まで広場にがんばっているのは、道路情報担当の者たちと、暇をもてあました老人が中心だ。ところどころに残っている若い者たちは、今週の当番——臨時連絡があった場合、聞き逃さないようにと、隣組や家族を代表して残っている連中だろう。臨時連絡は、あることのほうが少なかった。

が、たまたま今日は、その臨時連絡があったのだ。

最後の最後に、ネル国王は、軽く咳払いをした。

「以上で、通常伝達を終わる。これより、臨時連絡を行う」

広場に残っていた著たちは、身を堅くした。臨時連絡が、いいニュースだった試しはない。国王は、いきなり言った。

「隣するハナウマ騎士国への国王直下使者を求める。報酬は規定通り。頭脳明晰、身体頑健な成人男子に限る。われと思わんものは、もよりの公安警察署に出頭の上、面談を受けよ。国家に奉仕せんなる人材を期待する。国王より以上」

「ハムロよ」

強いアギ酒の盃《さかずき》を持ち上げながら、メーダは傍らの若者を睨んだ。

「よもや、志願する気じゃあるめえな」

ハムロと呼ばれた若者は、びっくりしたような顔を年長の友人に向ける。

「志願って？」

「とぼけやがって。使者のことさ。臨時連絡ん時のおめえの顔つきを見たぜ。餌に食いつこうとしてるウツボみてえだった」

ハムロは返答を避けて、素焼きの盃を弄んだ。輸出用の上物ではなく、素朴な作りの実用品だ。メーダは、追い打ちをかけるように言った。

「死ぬ気か、おい。栄誉が欲しいのか、金が欲しいのか。どっちだ？」

「国のためさ」

「いただけないね。どうせもう、この都市は長くない。今度は幸運に助けられたが、次はどうなるか。おれは、あの、悪夢みたいな通信麻痺の一週間を知ってるんだ」

「あの試練にも、都市は滅びなかった。任命された伝令官たちが――」

メーダは首を振った。

「学校で教わったことは忘れろ。奴らは混乱を助長しただけさ。伝令官たちは人間だったんだ。伝達事項を、まともに覚えていられない奴もいた。何を伝えてるのか、自分でわかっていない奴もいた。もっと悪いことに、わざと情報を歪曲したり、言葉を小出しにして、見返りに金を要求する奴もいたんだ。八番通りが焼けたのを知ってるだろう？なぜだかわかるか？」

ハムロは肩をすくめた。

「さあね」

「消防団長が、火元を知らなかったからさ。なぜ、知らなかったのか。二人目の伝令官が道草を食ってたからだ。そいつは、消防団所属の伝令官に話を伝える前に、材木屋のところへ寄ったのさ。その材木屋は、まだ安いうちに裸木を仕入れて、大儲けしたそうだ」

「でも、通信麻痺は、一週間で復旧した」

「あん時はな。でも、わかるか？　遅かれ早かれ、また、そんな時代が来るんだぜ。だから、国のためなんてご託はやめとけ。しょせん、一時しのぎだ。お前さんだって、それぐらいわかってるはずだぞ。何が欲しい？　栄誉か。ふん。そんなものは屁だ。それとも、金か？」

若者は、きっと顔を上げた。

「なぜいけない？　金は、誰だって欲しい。そうだろ」

メーダは、痛ましげな顔で、若者を見た。

「そりゃ、おれだって欲しいさ。だが、ひとつしかない命を投げ出すつもりはないね。わかってんのか？　使者んなるってことは、知りたくもない内緒話を聞かされて、そいつを誰かの耳に囁いたあげく、首をはねられるってことなんだぞ」

「今じゃ、首をはねたりしないよ、メーダ。薬を使うんだ。夢を見たまま、あっちへ行けるって話だぜ」

「誰に聞いたってんだ」

　メーダは、鼻を鳴らした。

「生きて帰ってきた使者なんていねえのによ。どんな死に方なんだか、わかるわけがなかろうが。それに、おやじがよく言ってたっけが、道のりは大事じゃねえ。問題は、どこに着くかだ。どんなくたばり方をしようと、くたばっちまったら同じだ。おしまい、おわり、それまで、おさらばだ」

「人間誰でも、いつかは死ぬさ」

「そうとも。生まれてすぐ死ぬガキもいるし、九十五まで生きる男もいる」

「シノおじさんみたいにね」

「そうだ。お前には、そっちを見習ってもらいたいね」

　メーダは、騒々《そうぞう》しくテーブルを叩くと、酒のおかわりを頼んだ。

「うちには、金がいるんだ」

「どこのうちだってそうさ」

　ハムロは、顔を上げた。

「知ってるだろう。おふくろが、ずっと患《わずら》ってて――」

「知ってるさ」

メーダは、新しい酒を口に含み、おくびを洩らした。

「こんなことは言いたくねえがな、ハムロよ。おまえの母さんは、もう長くねえ。どんな医者や薬に頼ったって、しょせん気休めだよ。なあ、人間にゃあ、寿命ってものがある。先に逝く者のために、後で逝く者が寿命を縮めるってなあ、話が逆だぜ」

「望みがないとなぜわかる？　あんたは、医者じゃない」

「確かに医者じゃねえよ。だけどな、これだけはわかってる。使者に志願した人間は、もう死んだも同然だ」

沈黙が流れた。ハムロは視線を落とし、空になった盃をひねくり回した。しばらく経ってから、彼はぽつりと言った。

「死ぬ気はないよ。一つ、考えがあるんだ」

「志願者は？」

ネル国王は、ピグル記憶官に背を向け、窓の外に目をやりながら尋ねた。

「八人」

ピグルは、痛ましげな声で答えた。

「前回の時よりは、少のうございますな」

王は、曇った保護ドームに遮られた空を見上げた。

「市民たちは、この国の将来に不安を持ち始めているのだ。この調子では、いつまでコミュニケーション機能が存続するか、こころもとない。暗黒時代の到来を前に、若者たちは、忠誠心を失いつつある」

ピグルは、さも恐ろしげに、王の言葉を繰り返した。

「暗黒時代——」

「この都市の問題点がわかるか、ピグル？」

王は振り返り、腹心の部下をじっと見つめた。

「さあ——通信基盤の脆弱さ、ですかな」

「いや。この都市は巨大すぎ、複雑すぎるのだ。百万の民が、ここで生活している。生産、流通、交通、保全の流れは、人知を越えるほど錯綜《さくそう》している。かつて、それは、大した問題ではなかった。あらゆる人が、同時に、正しい情報に接することができたからだ。人々は、それぞれの立場で、判断し、調整し、過ちを正し、その結果をしかるべき人々に連絡することができた。それができなくなったら——この都市では、人が多すぎ、情報の量が多すぎる」

「今でも、通信網は残っております」

「そう。かろうじてな。わたしの直接放送設備、公安警察署が握っている緊急通信線。だが、それは一方通行だ。わたしは、人々の声を聞く手段も持ってはいない」

「伝令官が――」

王は、うるさげに右手を振った。

「あんなものは気休めだ。先月の実験を見たであろう。伝令官五人を通ると、情報は、もはや見分けがつかないほどに変質する。口頭伝達には、限界があるのだ。危うい人の記憶に、王国の運命を委ねることはできない」

「しかし――音と映像以外に、どんな伝達手段がありましょう。一度、手話の技術が試みられ、断念されました。われわれの言葉は、音声としてしか伝達できません。ネットワークがダウンしたら、伝令官制度に頼る他は――」

「技術研究は継続している。そうだろう？」

「ですが、古代の記録映像や音声テープは、情けないほどわずかしか、残っていないのです。この状態で、ブレイクスルーを求めるのは、いささか高望みと言わねばなりますまい」

「そうか」

王は、唇を噛みしめた。

今、自分の手に託された都市国家が、滅亡の危機に瀕している。それなのに、何も打つ手がないとは――。

「使者の選考は？」

「終えました」

王は、自嘲的な笑いを洩らした。

「またしても、死ぬべき若者が選び出されたというわけだな」

「いえ。ひょっとすると、死ぬ必要はないかも知れません。すべて、騎士団長の心のままですが。実は、ひとつおもしろい提案を携えてきた若者がおりまして――」

「ほほう」

王は興味を持って、ピグルの顔を見下ろした。

「それは、どんな」

ピグルが口をあけた瞬間、執務室のドアが、音を立てて開いた。戸口には、技術大臣のハイムが立っていた。彼の表情を見ただけで、王とピグルは、容易ならざる事態が出来したのだとわかった。なお悪いことに、ハイムは、すでに交換を終えたはずの、通信機材の包みを携えていた。交換部品に、問題が起こったに違いない。

「無礼をお許しください」

と、ハイムは震える声で叫んだ。

「ですが、きわめて緊急の用件なのです」

王はため息をついて、ピグルを見た。ピグルは考えていた。

どうやら、今度のハノウマ騎士国への使いは、最初の予定より重大な使命を帯びることになりそうだ。単に水道関係の部品を届けるだけなら、使者の命は安泰かもしれなかった。あの考慮に値する提案に、ピグル自身、期待していたのだ。

だが――。

事態がさらに悪化したとなると。

ネル国王は暗い表情で、ハイム技術大臣に入室の許可を与えた。しばしのち、室内から国王の大声が響いた。それは、勝利と希望の歓声だった。

ハムロは、走って、走って、走った。

何かに駆り立てられるように走った。

自分でも、奇妙なことだと思った。

速く走れば、それだけ短い時間のうちに、ハノウマ騎士国に到着することになる。それは、自分自身の命を縮めることに通じるのだ。

いや、死ぬものか、と、ハムロは思った。

懐の奥に、頼もしい銀の重みがある。薬師《くすし》だった祖父の遺品だ。これを使えば、使者としての口上を伝えてもなお、生き延びることができる。

ハムロは、そう信じようとした。面接の折、気高きピグル記憶官も、大いに望みがあると言っていたではないか。

が——すべては、騎士団長の思惑のままだ。使者をどうするかの判断は、受け入れ国の元首に委ねられる。騎士団長がもし、ハムロを生かしておくのが危険だと判断したら——。

ハムロは、キマの松の下でしばしの休憩を取り、ひび割れた唇に、幾たらしかの水を含んだ。

それから、またすぐに跳ね起き、走り出した。

長く休めば、それだけ疲れが増す。そうすると、到着が遅れて——それだけ、長く生きていられることになる。

いや、そうではない。死ぬつもりはない。死んでたまるものか。

使者に志願したということを、ハムロは、家族の誰にも打ち明けてはいなかった。長く床についている母にも、その看病で衰弱しきっている妹にも、家計を支えるため陶工をしている弟にも。

家族の誰にも別れを告げずに、死ぬことなどできない。

だから、何としても、お許しを願うのだ。もちろん、それなりの犠牲は払わなければならないが。

ハムロは走った。懐で、王自ら託された包みと、銀の小壷が揺れていた。その感触が、ハムロを改めて奮い立たせた。

ハムロは走った。

赤茶けた土の道に、砂埃が立った。

まだ夜盗団には一人もお目にかかってはいなかった。そのために、朝一番に出立《しゅったつ》したのだ。暑い日中を行程に当てる者は少ない。太陽はじりじりと額を焼き、肌に塩をふかせる。使者にせよ、夜盗にせよ、そんな労苦は好まない。だから、日中のほうが安全なのだ。

しかし、日は、すでに傾きかけていた。

ハムロは急いだ。ミナの峠が見えてきた。

それを過ぎた。下りはもちろん、上りよりも楽だった。

メーダのしかつめらしい顔が、ハムロの脳裏に浮かんだ。兄弟子であり、友人であるメーダは、本気で怒っていた。その怒りは、ハムロが計画を説明し終えても解けなかった。

気まぐれな騎士団長に命運を委ねるなど、馬鹿のすることだ。そう、メーダは論評したものだ。

それでも、メーダは、別れの言葉を口にはしなかった。

彼は、悲しげに首を振って、ハムロを送り出した。

騎士国の永久ドームが、地平線に姿を現した。日はすでに低く、空はオレンジ色に染まり始めている。ハノウマのドームは、おぼろな青い影となって、行く手に横たわっていた。寿命の長いLED燈が、光の鎖のように、ドームを縁取っている。

ハムロは、人々が、瞬時に意思を交わし合えた時代のことを思った。

頭蓋骨に埋め込まれた送信素子。百歳を越える老人から、その実物を見せてもらったこともある。都市と都市を繋ぎ、人と人を結ぶ、見えないネットワーク。ただ思い浮かべるだけで、パケットを飛ばすことができた、夢の時代。公開情報も、極秘情報も、平等に、肩を並べて、同じ網の上を流れていた時代。

その時代は、二度と帰ってこない。

今や、パケットの代わりをするのは、声だ。

今や、ネットワークの代理人は、ハムロのような使者だ。

それしかない。都市国家内でだけ、細々と生き残っている通信網が沈黙してしまったら、どういうことになるのだろう？

都市間通信だけではなく、都市内でも、使者が駆けめぐることになるのだろうか？伝令官が右往左往し、町に混乱をばらまく暗黒時代が来るのだろうか？

そんなことを思いながら、ハムロは、風のように駆け、地を圧するようにそびえ立つハノウマ騎士国に走り込んだ。

「よく来た」

ハノウマ騎士団長は、よく通る声で言った。

「楽にしろ。ここでは、誰であれ、自由に話すことができる」

「き、恐悦至極に存じます」

ハムロは、額をプラスタイルにすりつけた。楽にしろと言われても、そう簡単に行くものではない。ハムロの心臓は、早鐘のように打っていた。

「さあ」

騎士団長は、少しばかり苛立った口調で言った。

「顔を上げるがよい。それでは、声もろくに聞こえぬ」

ハムロは顔を上げ、口上を述べ始めた。

「騎士団長におかれては、ますますもってご健勝のよし、お慶び申し上げます。先だってのご厚誼《こうぎ》には、王をはじめ、市民一同、心よりの感謝を捧げます。おかげさまをもちまして、どうにかやりくりがつき、最悪の事態を回避することができました」

ハムロには、口にしている言葉が、喉を刺すように感じられた。使者になる前は、それがどれだけ重要な事態であったか知らなかったし、事態を収拾するために、隣国に助けを求めていたことも知らなかったのだ。これこそ、彼が本来知るべきではなく、知ることを望まなかった情報だった。パニックも混乱もなく、通信機能が回復した今となっては、情報の危険性はずいぶん下がってはいたが——。

それでも、市井《しせい》の民が知ってはならない国家機密であることは間違いない。ハムロは急に全身の力が抜けるのを感じた。いったん使者に立ち、それでも生きて帰れるなどと、自分は何とおめでたいことを考えていたのだろう。

騎士団長は、あけっぴろげな笑顔を見せた。

「よいよい。済んだことだ。こちらとしても、お役に立ててよかった」

「はっ」

ハムロは、思わず平伏した。

「用件はそれだけではあるまい。国王陛下は何と言っておられた？」

「はっ」

ハムロは、舌先で唇を濡らした。

「騎士国の窮状、まことに心痛むとの仰せにございます。必要な品は、お届けすると」

「持っておるのか？」

「はい」

「それが何か知っておるか？」

「いいえ」

「寄れ」

ハムロは、騎士団長の側に近づいた。途中で、懐から包みを出し、頭上に捧げ持つ。

騎士団長は、ためらいもなくそれを自らの手に取った。

団長がその場で包みを開いたり、中身について説明を始めたりするのではないかと、ハムロはひやひやした。そうなったら、自分の命は、さらに危険になる。

騎士団長はそうはせず、ただ奇妙な目で、ハムロを見下ろした。

「国王陛下は、その他に、何かおっしゃっていなかったか？ 仕様の説明がなければ、この品は使えぬのだ」

ハムロの額に、どっと冷や汗が吹き出した。どこかで手違いがあったのだ。伝達ミスをした使者がどのような目に遭うか、噂には聞いていた。

「そのようなことは、うかがっておりませぬ」

と、彼は正直に答えた。

「ただ――」

団長の声が、危険な苛立ちを帯びた。

「ただ？」

「紙を見られよ、と」

「紙を？」

騎士団長は、ハムロが差し出した包みを見下ろした。線状の文様が施された包み紙。

文様には見覚えがあった。騎士国には、このような紙はいくらでもある。現に、先だって通信関係の部品を使者に託した時にも、同じような紙を包装に使った。太古の昔から、倉庫に眠っていた紙だ――。

団長は、まじまじと包みを見つめ、その紙が新しいものであることに気づいた。何と、国王陛下にあっては、新たに、包み紙に文様を施したもののようだ。

これはどういうことか？

「他に何か？」

ハムロは、顔を上げ、最後の言葉を伝えた。

「貴国にマルチ・アナライザーがあるならば――」

「もちろん、あるとも。それがどうかしたか？」

「それを読ませて見たまえ、と」

「読ませる、と？　どういう意味だ？」

「存じませぬ」

騎士団長は、しばらくハムロを見つめていた。それから、短く告げた。

「しばらく、ここで待て」

そして彼は、謁見の間から退出した。

ハムロは、銀の小壺を握りしめた。騎士団長の目の前でやらなければ、意味がない。騎士団長以外に、使者の処分を変更できる者はいない。

この薬は、喉を焼いてくれるだろう。そして、ハムロの声を奪う。永遠に。ハムロの父は、祖父から、そう伝えられ、ハムロだけが、父から同じことを聞いた。一族に代々伝わる薬。知ってはならないことを知った時に使う薬だ。

この薬を呷《あお》れば、ハムロは、一生口をきけなくなる。そうすれば、騎士団長には、使者を処分する必要はなくなるはずだ。そう、たぶん、運がよければ。

ハムロは、じりじりしながら待っていた。

騎士団長は、なかなか帰ってこない。

ハムロは、待たされるのが耐えがたかった。生きて帰れるのか、この場で命を落とすことになるのか、早く知りたかった。

ようやく騎士団長が戻った時、ハムロは、一瞬虚を衝かれた。騎士団長は、満面に笑みを浮かべていたのだ。

「待たせた」

と、彼は言った。

「お主は、実に素晴らしいものを持ってきてくれたぞ――」

だが、ハムロは、相手の言葉を聞いてはいなかった。

「御免《ごめん》」

と言うなり、銀の小瓶を口に寄せたのだ。

騎士団長の動きは素早く、ハムロは、一瞬、何が起こったのかわからなかった。気がつくと、彼は、床に落ちた小壺を見下ろしていた。中身の大半は、もうこぼれ出てしまっている。騎士団長が、一瞬で、ハムロの手から蹴り飛ばしたのだ。

ハムロはうろたえて、騎士団長の顔を見つめた。これで、生きて帰る望みはなくなった。騎士団長も、ネル国王も、ハムロが生きて帰ることを望むまい。

「毒を呷ろうとは、あっぱれ腹の据わった男よ」

騎士団長は、ハムロの肩に手を置いた。ハムロが誤解をとく間もなく、騎士団長は言葉を続けた。

「だが、お主は、もはや死ぬ必要はない。見よ」

ハムロは驚いて、騎士団長の手元を見た。そこには、ハムロが持って来た包み紙が握られていた。

「ネル国王の技術大臣が、謎を解明したのだ。これがあれば、あらゆる都市国家の通信危機が緩和される。正確な情報を、人々の間で共有することもできれば、多くの場所に頒布《はんぷ》することもできる。お主のような使者なしで、機密事項のやりとりをすることも可能となるのだ。もう、使者はいらない。知ってしまった通信危機のことなど忘れろ。新しい時代がやって来るのだ」

ハムロは夢でも見ているような気分で、まくしたてる団長を眺めた。つまらない紙切れにそんな重大な秘密が隠されていようとは、思いも寄らなかった。

「それは――それは、一体何なのです？」

「たった今まで失われていた古代の技術だよ。通信素子と、マルチメディア技術の発達によって、祖先たちが手放してしまった技術だ。それが、今、よみがえる」

騎士団長は、晴れやかな笑みを浮かべた。

「アナライザーは確かに読んだ。これは、文字――活字というものなのだ」

パラム氏の多忙な日常

じっくり待つのも、きっと、悪いことじゃない。


その日。

慣れない宝石店で慣れない買い物をして、おまけにイニシャルまで刻んでもらったから、ずいぶん手間取ってしまった。パラム氏は汗をかきながら、平べったい包みをブリーフケースに押し込んだ。

店の前の舗道に出るか出ないかというタイミングで、氏は叫んだ。

「予定!」

限定人格移植秘書であるウェラが、間髪を入れずに応じる。

「二時から五二二二年のニューアークで、ビスマルク工業のサージ氏と会食。三時からインターマルト工場の視察、一五〇〇年ローマ。四時から二二〇二年のブラリア大使館でレセプション。五時半、火曜クラブでスカッシュ、三五〇〇年フランクフルト。七時、奥様と待ち合わせ、一七七〇年——」

「ストップ！」

と、パラム氏は叫び、ウェラはただちに黙った。彼女はパラム氏の視力補正機構に常駐していて、いつも主人とともにある。パラム氏はきびきびした口調で、次の質問を畳みかける。

「五二二二年ニューアークへは、どう行けばいい？」

「タクシーで中央駅へ。五二二〇年行きの特急が一時に出ます。特急券購入済み。到着時間は一時四十二分。そこから、四十五分発の鈍行に乗り継ぎ。各年停車で、二駅。一時五十分着。キオスクで新聞とミント・ドロップを購入後、三番転送ボックスへ。ニューアークのペイトンズへは二時一分到着予定——」

パラム氏は、すでに三十二丁目の舗道を走り始めていた。左手で膨らんだブリーフケースを振り上げると、氏の威厳に感じ入った無人エア・タクシーが、ブリーフケースの十センチ手前で急停止する。

「中央駅！」

パラム氏の切迫した物言いに驚いたエア・タクシーの運転プログラムは、緊急モードに移行し、まだ片足しか乗っていなかったパラム氏を引きずりながら発車した。

パラム氏は何とか座席に這いあがり、急激にすり減ったラバライドの靴底を、痛ましげな目つきで眺めた。シークレット・ブーツでなかったら、怪我をせずにはいなかっただろう。

パラム氏はすぐに靴から目を離すと、ブリーフケースから宅配便用の百年保証付き宛先シートを取り出し、ステロペンを使って、猛然と書き込みを始めた。

エア・タクシーは滑らかに加速し、次いで、滑らかに減速した。目の前に、巨大な配送トラックが立ちふさがったからだ。トラックは、メイシーズの前で荷下ろしを始めている。

パラム氏の目に、舗道に突っ立っている集配ボックスが留まった。ちょうどここで停車したのは好都合だった。彼は、平べったい包みをブリーフケースから出して宛先シートを貼り付け、エア・タクシーの窓から集配ボックスに投げ込んだ。

トラックは、まだ荷下ろしを続けている。

このまま、ここで停車し続けているのは好都合ではない。パラム氏は、ちらりと脳内移植時計を参照してから、シート前のマイクロフォン・グリルに話しかけた。

「これじゃ間に合わんぞ」

運転プログラムは、愛想よく問い返した。

「何にですか?」

「五二二〇年行きの特急にだ。一時に出る」

「確かに」

「では、道を変えてくれ」

「ここは、右折、Uターン禁止です」

「くそっ」

エア・タクシーの運転プログラムは、フード・サーバーで、クソの合成を開始しようかとちょっと考えてから、思い留まった。最新のクレーム・データベースに、類似の事例が収録されていたためだ。

「電話！」

ウェラが、視力補正機構に付属するヘア・マイクを、するすると下ろした。

「フェデックス北営業所」

ウェラは、あらかじめ先読みしていた番号をダイヤルした。回線が繋がるやいなや、パラム氏はフライ・プリンターまがいの早口でまくしたてた。

「メイシーズ本店のビグス主任だが、配送車がまだ来ない。間違って、五番街の第二店舗に回ってるんじゃないかと思うんだが。外商部がてんてこまいだから、ただちに本店のほうに車を回してくれ。いいか、ただちにだぞ」

フェデックスの客応電算機のロジックは単純で、「ただちに」という言葉に敏感に反応する。五秒もしないうちに、前方の配送トラックは、指示器を点滅させながら舗道を離れた。

パラム氏は、満足げに、シートに身体を預けた。

運転プログラムが、極めて上機嫌な声で告げる。

「予測を修正します。一時に間に合うものと推定。お客様の満足がわたくしどもの悦びです」

「けっこう」

ますます満足そうな顔になって、パラム氏が頷く。

「ウェラ、強制睡眠五分」

ウェラは視力補正機構を通じて、パラム氏の脳髄に催眠パルスを送り込んだ。パラム氏は、五分間の深い眠りに落ちた。

目覚めると中央駅だった。パラム氏は、ブリーフケースを盾のように構えて、コンコースからプラットフォームに突進した。特急のドアが閉まるまでに、かろうじて二度スキップするだけの余裕があった。

特急は時刻通りに出発した。強制睡眠ですっきりしたパラム氏は、ウェラに時空回線接続を命じて、あちこちのいつやらと通話し始めた。

五世紀にわたるタイムスケールの中で、会社を二つ売って、三つの訴訟を提起したとところで、時空特急は五二二〇年のキャンベラに到着した。パラム氏は、膨らんだブリーフケースを抱えてホームに降り立ち、四十五分発の各年停車に席を移した。目的年まではわずか二駅だったので、パラム氏は、訴訟準備に時間をかけることをあきらめ、拡張網膜に次々とスーパーインポーズされる雑件報告を読み流すことにした。新しいセキュリティ・プログラムに関する七件目にかかった時、ウェラがチャイムを鳴らした。

「プライベート・ワンに着信です」

着信したボイスメールは、パラム氏の奥方からのものだった。

「ハーイ、あなた。出掛ける準備に手間取って、五時の特急をのがしちゃったの。悪いけど、待ち合わせを、一七八九年のパリに変更してもらえないかしら。それしか、時空急行がないの。場所は転送しとくから」

パラム氏は舌打ちをした。時計のように正確に刻まれるスケジュールのリズムというものを、妻は永久に飲み込めないだろう。まあ、目下のところの妻の役割分担からして、やむを得ないところではあるが。彼とウェラは殺人的なスケジュールのもとでせっせと働き、家に留まっている妻はゆったりと家庭を守る。パラム氏は、少し疲れた声で秘書を呼んだ。

「ウェラ？」

「はい」

「七時の予定を変更だ。今転送された待ち合わせ場所に、予定通りに着けるか？」

ウェラが照合し、計算し、再検索し、再計算し、結果を評価するまでに、コンマ二秒の時間がかかった。

「際どいですね。一七八九年ですと、特急が使えません。レセプションを二分半早く切り上げる必要があります。それから、火曜クラブのスカッシュを第一組に変更してもらって、初戦で敗退。三五〇〇年二月八日十二時七分発一七九〇年行きの快速をつかまえ、鈍行で一年戻る。それで、ぎりぎりです」

「わかった。手配してくれ」

雑件報告に戻りかけてから、パラム氏は一言つけ加えた。

「スカッシュの八百長を手配する必要はないぞ。第一組なら、ミュラーかモガンボだろう。本気でやっても簡単に負ける自信がある」

言い終えたところで、訴状受理の追加報告が入った。エア・タクシー会社からの、料金未納の訴えだ。さきほど、中央駅で下車した際に、フェデックスとの通話料を差し引いて支払ったことが、お気に召さなかったらしい。パラム氏が、訴状にメモをつけて弁護士ユニオンに転送したところで、時空列車は二駅目のプラットフォームに滑り込んだ。

五二二二年の北京《ペキン》駅は美しかったが、各年停車の到着が十七秒遅れたので、鑑賞している時間はなかった。パラム氏は、決然としてキオスクに赴き、新聞とミント・ドロップを購入した。三番転送ボックスはキオスクのすぐ脇で、中には太った中年女性が入っていた。どの店にショッピングに行こうか迷っている様子で、さかんに番号案内板を撫で回している。

しかしながら、パラム氏がボックスの前でするっとズボンをずり下げて見せると、中年女性は、非難の視線を残していずこへともなく飛び去り、ボックスは空いた。

パラム氏はきびきびと転送ボックスに入り、きびきびとペイトンズの宛先番号をパンチした。

ペイトンズの入り口に着くと、氏は、新聞とミント・ドロップを振り回しながら、店内に突入した。最新流行のホームレス・ファッションを身につけた初老の紳士が、バーの端っこのほうで手を振った。

「ウェラ？」

と、パラム氏は尋ねた。

「手を振ってるのが、サージ氏だろうか」

「手を振ってるのが、サージ氏です」

「なぜわかる？」

「メイシーズの、一九九〇年モデルのショッピングバッグをお持ちです。それに、望遠解析によれば、顔と指紋、網膜パターンが一致します」

パラム氏は、ホームレス・ルックの紳士に、にこやかに笑いかけ、その表情を保ったまま、歩み寄った。

二人は、ただちに予約テーブルに案内され、二分きっかりでカクテルをあてがわれた。パラム氏は、サージ氏と友好裡に会談し、工場の売却価格を、双方の満足がいくぎりぎりのラインまで値切り倒した。二人が合意に達すると、パラム氏は、気前よくカクテルの料金を支払うことを申し出た。サージ氏はさらに友好的になり、二人の歓談は友情を育む段階にまで進みかけたが、メイン・ディッシュのステーキにナイフを入れたところで、パラム氏の時間が尽きた。

パラム氏は、二つに切り分けられたステーキ、サージ氏、ならびに、食事の分の請求書をその場に残して、立ち上がった。

「失礼。次の約束がありますので」

ウェラは、すでに、五二二二年八月五日二時三十五分発一五〇〇年行きの時間航行便のチケットを手配してあった。時港には転送ボックスがあったので、サージ氏と握手した次の瞬間には、パラム氏は搭乗カウンターにへばりついていた。

五二二二年八月五日二時三十五分発一五〇〇年行きは、定刻通りに時走路を離れた。ビジネス・クラスの座席に納まったパラム氏は、ブリーフケースを膝の上に載せた。

「ウェラ？」

「はい」

「どうも腹が減った。ギャレーに接続して、ランチを注文してくれないか？」

「はい――今、ディナーボックスしかないそうです」

「それでけっこう」

「チキン、ラム、サーモンの三通りありますが」

「ラムだ」

「お勘定は？」

「もちろん、サージ氏のツケにしてもらってくれ。あいつ、わたしのステーキを、メイシーズのショッピングバッグに詰め込んでた。カクテルはこっちが払ったんだから、食事代は向こうが負担して当然だ」

ウェラは、この非のうちどころのない論理に感服して、必要な手配を行い、その結果として、パラム氏はビジネス・ランチにありつくことができた。

パラム氏が、二二〇〇年の品質管理部長からの検品報告を聞きながらデザートを食べている途中で、五二二二年八月五日二時三十五分発一五〇〇年行き定期便は、一五〇〇年地中海上空を旋回し始めた。パラム氏は早々に通話を打ち切って、シートベルトを緩めた。

正真正銘の十五世紀イタリアの骨董《こっとう》品を生産するインターマルト工場は、十五世紀の中では最も進歩したこの年代に設置されている。

　しかしながら、十五世紀の中で最先端の年代といえども、時港や空港を擁《よう》するには至っていない。

　パラム氏は、旋回時間を利用して、二十世紀の市場調査部と連絡を取った。検品報告と市場調査結果を総合すると、インターマルト工場のラインは少し変更する必要がある。氏は、軽く頷いて、アンドロイドのキャビンアテンダントから、不可視パラシュートを受け取った。ここから、直接、インターマルト工場に降下するのが、最も安全確実迅速な方法であるという点には、ウェラも合意している。

　インターマルト工場まで、あと垂直に五百メートルというところで、プライベート・ワンにボイスメールが着信した。

　パラム氏は、降下デッキから外に飛び出しながら、ボイスメールを聞いた。

「ごめんなさい、あなた。二七〇〇年のロンドンで、足止めをくらっちゃった。一七八九年のパリは危険年間に該当してるから、わたしのパスポートでは行けないんですって。一八一〇年行きのカーゴに何とか潜り込めそうだから、その年に拾ってもらうことにするわね。八月五日の朝、同じ場所で。チャオ」

　パラム氏は、ダイビング姿勢を取りながら呻いた。

「ウェラ？」

「予定変更ですね。スカッシュは、キャンセルしましょう」

「キャンセルしなくてもいい。二年後の夏なら、空き時間が二時間取れる。その時に、回ることにしよう」

「それだと、第五回大会の後で、予選に出ることになってしまいますが」

「かまわん。どうせ予選落ちだ」

「はい。不可視パラシュート、開傘します」

パラム氏の肩と腰が、ぐいと引っ張られた。氏は、しずしずと、インターマルト工場の運動場に降り立った。

夜中ではあったが、工場を全部見て回るのに十分とかからなかった。もともと、家内製手工業を模した自動化工場なのだ。パラム氏は、寝ぼけ眼《まなこ》の夜警に、てきぱきと二、三の指示を出し、相手が間違いなくメモしたのを確認すると、示達書を事業本部に配送してから、時空リムジンを呼び出した。

「ウェラ？」

原始的な馬車にカムフラージュされたリムジンのシートに納まると、パラム氏は秘書を呼んだ。

「はい？」

「二二〇二年のブラリア大使館へは、どう行く？」

ウェラは、各年停車と月次バス、時空シャトルと超特急を綱渡り的に乗り継いでいく、複雑極まるプランを提示した。パラム氏は呻き声を上げた。

「わかった。手配を頼む」

まあ、妻とのデートまでに、雑件を全て片づけるぐらいの時間は稼げるだろう。運がよければ、不採算部門になってきている市場調査会社の売却話ぐらいは、まとめ上げられるかもしれない。

レセプションを、スピーチ一つとシャンパン二杯、提携の約束二つで切り上げるや、パラム氏は短距離ヘリに乗り込んで、市況レポートに目を通しながら、首都駅を目指した。ストックオプションの売却指示一つとスキップ一つだけの余裕で、三五〇〇年二月八日十二時七分発一八〇〇年行きの特急に乗り込んだところで、ボイスメールが届いた。

「あなた、ようやくパリにやってきたわよ。待ち合わせは、一八一〇年七月五日のパリ。わたし、そう言ったわよね？　じゃ、待ってるわ」

何だって？

パラム氏は、通話器のマイクを嚙みちぎりそうになった。まったくもって、妻にもう少し、スケジュール感覚というやつがあれば。

「ウェラ！」

と、怒ったように叫ぶ。

「今さら、行き先を八月から七月に変更しようったって、無理だろうねえ」

ウェラは、コンマ七秒考えた。

「乗る予定だった各年停車は八月を基月にしてますから、使えませんね。一八〇〇年に予定通りに着いたら、一八一〇年六月七日行きのバスに、ぎりぎり間に合うかもしれません。そこから先は、現時点では何とも」

「バスだって？」

パラム氏は歯ぎしりをした。一年進むのに一時間もかかるバスなんかに乗らなければならないのか。おまけに、バスの停留年はお客次第だから、まったく予測がつかない。六月七日から先の見通しが立たないのだ。

「しかたない。そのルートで行くとしよう」

「実感時間十時には次のお約束がありますが。一八一〇年七月、ロンドン」

とても間に合いそうにない。

「しかたがない。最悪の場合、それも二年先に回ることにしよう」

「二年先だと、今事業年度末の売却期限が過ぎてから、遡って売却交渉をすることになりますが」

パラム氏は、ため息をついた。

「かまうまい。どうせ、先方に売る気はないんだ」

一八〇〇年には、予定から二秒遅れで着いた。しかし、一八一〇年六月七日行きのバスにはゆうゆう間にあった。バスは、出発が十五分遅れていたのだ。

ごとごとと揺れるバスの中で、パラム氏は終始不機嫌だった。磁束シールドのない旧式バスの中ではいっさいの通信機器が使えないので、指示や、照会や、監督や、交渉が不可能だったのだ。パラム氏はやむなく、溜まっていた事業報告書に専念することにした。

せめて、妻からこれ以上のボイスメールが入っていませんように、と、氏は密かに祈った。

「七月行きの特急列車はどうだ？」

「二分前に、出てしまいました」

「もともと乗る予定だった八月行きは？」

「折り返し便がありません。いったん六月に引き返すことになりますから、結局同じことです」

「バスは？」

「ここが終点で、この先の路線はないそうです」

たまりかねたパラム氏は、正直で誠実なウェラに当たり散らした。

「バスもない、タクシーもない、列車もない、そりゃあいったいどういうことだ？　待ち合わせの一カ月も手前で立ち往生じゃないか」

ウェラは、極めて冷静に答えた。

「あらゆる旅行社、予約センター、交通サービスにアクセスしましたが、全ての交通手段は出払っています。バス内から先行予約ができなかったのが痛かったですね」

「くそっ、どうすればいい？」

ウェラは、取り澄ました声で答えた。

「とりあえず、待ち合わせ場所に行ってごらんになったら？　また奥様が日付をお間違えになっているかも」

パラム氏は、何事かもごもご呟きながら、犬の糞の匂いのするパリの町を歩き始めた。

驚いたことに、ウェラの言葉は当たっていた。待ち合わせの場所——モンマルトルの丘の上のベンチに、見慣れた奥方の姿があったのだ。

パラム氏は、口ごもりながら声をかけた。

「いったいどうしたんだ、おまえ、七月だって言ってたじゃないか」

「あら、あなた、早かったのね」

奥方は、目尻に皺の寄った青い目をしばたたいた。

「ホテルに着いてから気がついたの。カーゴの着月が早まってて、六月五日に着いちゃったのね。あなたにメールを入れたんだけど、届かなかったわ」

「そんな――」

パラム氏の顔が青ざめた。

「まだ、ひと月もあるはずだったんだぞ。どうするつもりだったんだ？」

「別に。ここで待ってるつもりだったの」

「一カ月もか！」

パラム氏の額に冷や汗が浮かんだ。貴重な時間を、こんなところでひと月も潰すつもりだったというのか。

「あら」

奥方は、いたずらっぽく、目を輝かせた。

「待つのは別に悪いことじゃないわ。特に、あなたを待つのはね。もう二日も待ってたのよ」

「何とまあ」

パラム氏は額の汗を拭《ぬぐ》った。実に恐るべき時間の浪費だ。二日間あれば、いったいどれだけの取引をまとめられることか。

「忘れちゃった？　わたしが、まだあなたの秘書になる前、あなたは毎日、あのバーで待ってくれたのよ。わたしがもう一度現れるのをね。二週間も」

パラム氏は、なぜだかさらに吹き出してきた汗を拭いながら、口ごもった。

「ああ、しかし、あれは、まだ――」

奥方は、輝くばかりの微笑みをパラム氏に向けた。

「いいのよ。あの時のあなたとは違って、いくら待ってもちゃんと来てくれるって、わかってたんだもの。あなた？」

「ん？」

「結婚記念日、おめでとう」

奥方が差し出した箱、きれいなリボンをかけた平べったい包みを見て、様々な表情が、パラム氏の顔をよぎった。

驚愕、悔恨、失意、絶望――。

「しまった！」

奥方は、心配そうに、首を傾げる。

「どうしたの、あなた？」

常に似ず、パラム氏の口調が不明瞭なものになった。

「わたしは、あの、あれを買って。新品の時計だ。宅配便で投函したんだ。確かに。でも、ああ、一七七〇年に送ってしまった。何ということだ。すっかり忘れていた。ウェラ、フェデックスの預かり窓口は？」
「百年は預かっててくれるはずですが、確認してみましょう」

この検索には、コンマ五秒もかからなかった。間もなく、ウェラの沈痛な声が、パラム氏の聴覚神経を流れた。

「――残念です。あの建物は、一七八九年のパリ革命で破壊されています」

「おお」

パラム氏は、よろよろと、ベンチに倒れ込んだ。

「立派な時計だったのに。四分五十秒もかけて、二人の頭文字を刻んで」

「時計？」

奥方の青い瞳がきらめいた。

「嬉しい偶然だわ。ね、あなた、早く開けてみて」

パラム氏は、上の空で、包みを開いた。中を見たとたん、パラム氏の目がぎょっとしたように見開かれた。

「こ、これは」

奥方は、箱の中から、大きいほうの懐中時計を取り出して、夫の掌に載せた。銀の地に嵌め込まれたエメラルドが、年を経た輝きを放っている。

「あなたを待っている間に、モンマルトルの古道具屋で見つけたの。古いアンティークだけど、いいでしょう。この時代のペアウォッチは珍しいんですって。革命後に、瓦礫の中から見つかったもので、どこの工房のかもわからないらしいの。ロマンティックでしょう？」

パラム氏は、小振りのほうを持ち上げて、奥方の掌に載せた。

「裏を見てごらん」

言われた通りに時計をひっくり返して見て、今度は奥方の目が丸くなった。

「わたしのイニシャル――あなたのは？」

パラム氏は、自分の時計の裏を見せた。そこには、パラム氏のイニシャルが彫り込んであった。

どちらも、今朝がた、パラム氏が宝石店の店員を急がせながら、彫ってもらったものだ。

「でも、アンティークなのに」

「今朝買った時には、アンティークじゃなかった。一七七〇年に預かり窓口に着いて、革命をくぐり抜けて――それから、だんだんとアンティークになったんだ」

「その間に、何組かの恋人たちや夫婦のもとをめぐったかもしれないのね」

パラム氏は、ちょっと困ったような顔で頷いた。

「そう――。結婚記念日おめでとう」

奥方は、パラム氏の胸にかじりついた。

「素敵だわ。二人で同じものを買ったなんて。それも、あなたは新品、わたしはアンティーク」

「うん、まあ。おまえがスケジュールにルーズだったおかげだ」

「それはしかたがないでしょう？」

奥方は、パラム氏の視力補正機構に取り付けられた端子に触れた。

「わたしのスケジューラー人格は、いつも、あなたと一緒にいるんだもの」

注意深く分離され、いつもはパラム氏の事業を助けている奥方の人格は、端子を通ってもとの場所に戻り、そこで再統合された。

「ウェラ？」

と、パラム氏は優しく尋ねた。かつて、秘書だったころの奥方にしていたように。

「はい？」

「今日の予定は？」

「十時に、ハシブ氏と売却交渉の打ち合わせがあるわ。一八一〇年七月に、ロンドンで。時空便のチケットを取りましょうか」

パラム氏は脳内移植時計にアクセスしようとして、ためらい、代わりに掌のアンティーク時計に目を落とした。

「いや、アポまで、たったひと月だ。ここにしばらく滞在してから、ロンドンまで行って、二人でゆっくり待つことにしよう」

パラム氏はベンチから立ち上がって、奥方のウェラに腕を差し出した。ウェラは、若い娘のようにはにかみながら、夫の腕を取った。

奥方と肩を並べ、輝かしいパリの町をゆったりと歩き出したパラム氏は、小さな声で呟いた。

「待つのは、別に悪いことじゃない」

初出一覧

カツブシ岩　〈ＳＦマガジン2004年10月号〉

キッチン・ローダー　〈ＳＦマガジン2000年9月号〉

この日のために　〈ＳＦマガジン2003年2月号〉

カレシいない歴　書き下ろし

免許停止　〈ＳＦマガジン2000年12月号〉

スリープ・モード　〈ＳＦマガジン1994年2月号〉

チューリング・テスト　〈ＳＦマガジン2006年9月号〉

壁の向こうの友　〈ＳＦマガジン2002年11月号〉

緊急避難　〈ＳＦマガジン1991年7月号〉

ラスト・メディア　〈ＳＦマガジン1995年11月臨時増刊号〉

パラム氏の多忙な日常　〈ＳＦマガジン1999年10月号〉

アステリズムに花束を

百合SFアンソロジー

SFマガジン編集部＝編

百合――女性間の関係性を扱った創作ジャンル。創刊以来初の三刷となったSFマガジン百合特集の宮澤伊織・森田季節・草野原々・伴名練・今井哲也による掲載作に加え、『元年春之祭』の陸秋槎が挑む言語SF、『天冥《てんめい》の標《しるべ》』を完結させた小川一水が描く宇宙SFほか全九作を収める、世界初の百合SFアンソロジー

ハヤカワ文庫

著者略歴　1959年生，慶應義塾大学卒，作家　著書『こちらITT』『くらげの日』『ゆっくりと南へ』『東京開化えれきのからくり』『数学的帰納の殺人』『５分間ＳＦ』（以上早川書房刊）他多数

HM=Hayakawa Mystery
SF=Science Fiction
JA=Japanese Author
NV=Novel
NF=Nonfiction
FT=Fantasy

7分間《ふんかん》SF

〈JA1422〉

二〇二〇年三月二十日　印刷
二〇二〇年三月二十五日　発行
（定価はカバーに表示してあります）

著者　草《くさ》上《かみ》仁《じん》
発行者　早川浩
印刷者　大柴正明
発行所　株式会社　早川書房
郵便番号　一〇一‐〇〇四六
東京都千代田区神田多町二ノ二
電話　〇三‐三二五二‐三一一一
振替　〇〇一六〇‐三‐四七七九九
https://www.hayakawa-online.co.jp
乱丁・落丁本は小社制作部宛お送り下さい。
送料小社負担にてお取りかえいたします。

印刷・株式会社亨有堂印刷所　製本・株式会社明光社

ISBN978-4-15-031422-4 C0193

本書は活字が大きく読みやすい〈トールサイズ〉です。